浙江少年文学新星丛书·第七辑

海飞 主编

追逐光与影的少年

蘅 若 著

浙江工商大学出版社
ZHEJIANG GONGSHANG UNIVERSITY PRESS

·杭州·

图书在版编目(CIP)数据

追逐光与影的少年 / 蘅若著. —杭州:浙江工商
大学出版社,2020.11

(浙江少年文学新星丛书 / 海飞主编. 第七辑)

ISBN 978-7-5178-4167-8

Ⅰ.①追… Ⅱ.①蘅… Ⅲ.①随笔—作品集—中国—
当代 Ⅳ.①I267.1

中国版本图书馆 CIP 数据核字(2020)第 221783 号

追逐光与影的少年

ZHUIZHU GUANG YU YING DE SHAONIAN

蘅 若 著

责任编辑	沈明珠
封面设计	林朦朦
责任印制	包建辉
出版发行	浙江工商大学出版社
	(杭州市教工路198号　邮政编码310012)
	(E-mail:zjgsupress@163.com)
	(网址:http://www.zjgsupress.com)
	电话:0571-88904980,88831806(传真)
排　版	杭州朝曦图文设计有限公司
印　刷	杭州高腾印务有限公司
开　本	880mm×1230mm　1/32
印　张	7.25
字　数	138千
版印次	2020年11月第1版　2020年11月第1次印刷
书　号	ISBN 978-7-5178-4167-8
定　价	49.80元

喜欢发呆，喜欢影子，喜欢单曲循环，喜欢白色的雏菊，喜欢生活的仪式感，喜欢给咖啡拉花，但至今从未成功过。

喜欢在阳光与夜色中漫步，在暴雨中冲刺，在雪中驻足。喜欢写作。

写作对我来说是一种生活状态，所以提笔就很幸福。

不喜欢在提笔之前深思熟虑写一篇文章的意义，崇尚灵光乍现的写作方式。现在我的很多习作还存在没有能力去修补的瑕疵，希望下一篇永远是最满意的一篇。

——蘅若

个人简介

张梓薷,笔名薷若,2006年12月生,杭州市文海实验学校七年级学生,浙江省青少年作家协会会员。热爱写作,有自己的公众号"薷若爱写作"。

2020年获浙江省"少年文学新星"称号、获中国儿童少年基金会"春蕾计划"征文大赛金奖、第五届"读友杯"全国少年儿童文学创作大赛学生组银奖、第九届"韬奋杯"全国中小学生创意作文大赛二等奖。2019年获浙江省博物馆"青瓷守望者"称号,获浙江中小学生想象力写作大赛一等奖、浙江省"同一条钱塘江"征文大赛金奖,入围第九届"周庄杯"全国儿童文学短篇小说大赛终审复评。2017年至2020年连续四年获浙江省"少年文学之星"征文大赛一等奖。

2019年6月个人作品集《舞勺之年》由中国文史出版社出版。在《中国校园文学》、《少年文艺》(上海)、《少年文艺》(江苏)、《少年文学之星》、《中学生》、《中学生天地》、《读友·少年文学》、《小溪流》、《第二课堂》等期刊发表作品。作品《星星的季节》入选《2019中国年度散文诗》。

张梓蘅

总　序
于大地深处埋下文学的种子

　　浙江大地文脉绵长，作为培育作家的摇篮之地，历来文学巨匠云集，儿童文学的发展更是与时代共同成长。从鲁迅"救救孩子"的呐喊开始，浙江的儿童文学就开始发光发亮。而今，少年写作群落也渐渐呈现出了一派生机勃勃的势态。

　　对青少年和儿童，从某种意义上来说，同龄人的作品也许更具有相互取暖的空间，能达到心灵上一致的诉说与表达。因为他们有相同的价值观，相同的内心世界，相同的喜好与烦恼。浙江省青少年作家协会，无疑为这个群体助了一臂之力。

　　浙江省青少年作家协会邀请作家、学者与小作者进行座谈，举办审稿会，为具有一定文学创作水平的少年出版作品集。"浙江少年文学新星丛书"至今已出版六辑，入选作者最小的小学三年级，最大的也就高中二年级。一年一年，一拨一拨拥有文学天分的孩子从这里出发，创作出纷繁多样、风格迥异的作品，逐渐改变着、填补着浙江省青少年文学的空白。

"浙江少年文学新星丛书·第七辑"选取了五位小作者和两个创作组合的作品,从总体上说他们的写作还留有习作的痕迹,但每一篇章都是内心世界的真挚表达。生活中的万事、万物,对时空的想象与猜测,旅行中的见闻都是他们笔下的素材。那些小小的片段,那些细节的呈现,那些斑斓而又真实的语言,展现的是一个个诗意的世界,想象的世界,童真的世界,对现实做过剖析的世界,字里行间展示出来的可塑性和潜力让人惊喜。

张梓蘅的文字中,内向的同学、留级的同学,校园里的事,老师的课堂都是写作的素材,再加上她浙江省博物馆讲解员的经历,历史的厚重与文学的灵动在她的作品里得以体现;写科幻作品的曾诚已经出版过一部作品,这是其第二次入选,他写的科幻作品,对专业名词的运用令人称奇,空间想象能力使人脑洞大开;梁若菡用美妙的语言,描写出对景物的个人体验,对生活的独特见解,展现了一个诗意的世界;吕端伊从2008年开始,于不同年龄创作的作品有不同的趣味,在诗作上多多少少印着成长的足迹;周尚梵的作品内容主要是生活感悟,从学习、旅行、运动这些平凡的生活中提取有用的素材和值得记录的内容,小作者显然很有自己的见解与风格。

青少年的写作难免青涩,但特有的灵气更叫我们怦然心动,就像小作者吕端伊在《风的秘密》里写道的:

流星为许下心愿的孩子

在大地深处埋下种子

许下文学的心愿，你们就是那些种子，若干年后，你们破土而出、茁壮成长的样子多么让人憧憬。未来的文学森林里，是否会有你们的身影？

拭目以待。

汤汤

2020 年 11 月

序一

蘅若的作品体现出来自审慎的早慧气质,这种气质不仅来自她行文的洁净、准确和凝练,也来自她感受的细腻、体贴和良善,更来自她天然的明晰、洞察与判断。她融合了记忆与经历,辅之以奇崛的想象力,再以沉稳到不像一个少女的文字将它们呈现出来:

《金鱼看见》让我们看到童年那似有若无而又真切的惆怅;《蜗牛》则显示了敏锐的观察力与尖新的想象力;面对人生与社会已经开始展露出的真相,《消失的地中海》中不乏勇气的探究;成长固然充满烦恼,但更多的是《银牌搭档》《GF》中踏实的信心;更难能可贵的是《蓑衣英雄》所表现出来的对他人的关切、感知,对美善真纯的理想追求。

青春写作容易走向清浅,但这个"星光璀璨的女孩"让我看到了深一层的觉解,《遇见孤山》《星星的多元宇宙》中显示出来的历史、器物、阅读、体验的沉淀,让人明白她那审慎的早慧既有天赋的成分，也有后天努力的结晶。

薪若在《后记》中说："愿每一个曾寻找影子的人，都能邂逅他们的光明。"这让我想起周作人的说法，日光底下并无新事，如同虚空幻影，然而文学的意义正在于偏要去追迹、去察明，这是"伟大的捕风"与捉影。

"桐花万里丹山路，雏凤清于老凤声"，《追逐光与影的少年》在我看来是少年写作中令人欣喜的收获，不仅在浙江，置诸更广范围里也不遑多让。

鲁迅文学奖得主、文学评论家、
中国社会科学院研究员
刘大先

序二
时间旅行者的文学之旅

作家、艺评家白洲正子曾说过："真正的美物是能自我丰富，赋予沉默以力量的。无论你面对的是一幅画，还是一件陶瓷器，抑或是文学作品，都是如此。把沉默之物作为对象时，要不断克制自己，在对方自然地向你开口之前学会忍耐，学会等待。"

看蘅若的作品，会发现她敏锐的审美眼睛，发现她如何耐心地等待，在时间里盘桓停留获得她的细节。在《金鱼看见》里，金鱼记忆停留的七秒连缀了两位老人、一个家族的哀乐故事。她的目光停在圆形玻璃缸上被无限拉长的身影，沿着砂锅白稠的壁一点点滑下去的一粒粥米，电梯铁门的缓慢的停顿开合。她以敏感、细致的观察接受到世界丰富的景象，保持着丰子恺所说的儿童式的对于万物"深广的同情"，同时又有着少年的智性。

这种"同情"使她的笔触极有耐心、不厌其烦，故而朴素景象也动人有情。《蓑衣英雄》中的"老柴"白首低垂，形同木讷，每日细选棕榈皮、抓碎成绒、抽取成丝、捻线搓绳，编制蓑衣。而作者笔记里也陈说这个小说人物确实来自她在生活中认识的民艺老者，她是投浸其中，信而有之。从她以在博物馆做解说志愿者的经历而撰写的一系列的相关作品中也可以看到她的脚踏实地和身体力行，这是生活的态度，也是写作的态度，这对于年纪尚轻的写作者而言，是极为难得的开始。

从蘅若的写作履历来看，正式的公开发表作品始于2018年，那时她刚刚12岁。在一个敏觉青涩，精神和身体都在飞速地成长并形成自我的时期，她选择了写作。从现有的作品来看，仅仅两三年间，她在写作上的成长很快，作品文体上兼顾小说、散文及童话，内容兼顾城乡生活、校园家庭、历史文艺相关内容。作品在技术层面上无论叙事视角和结构意识都有自觉的要求。同时，作品中呈现出来作者素质上的敏锐善思、知识结构稳健，也为一个写作者的持续成长提供了一种可能性。

《童话镇》中青年人问中年人"怎么写"的问题，中年人回答："写那朵花！那片叶子！那枝爬山虎！那棵香樟树！""还有那扇窗户，窗户边缘的那颗生锈的螺丝钉！"作者通过童话中的问答有意无意道出了一种写作的奥秘，也可以说是她的自问自答。她的写作活动伴随着理论的学习和反思（每篇附有的作者笔记），逐渐形成了自己的创作观念和方法，即对日常生活的再发现，传达真实的经验与感受，实现情感的沟通。时间在作者的笔下是具有弹性的，被放慢是为了停留的余味，同时态是为了经历的体贴，被加速则出于一种心理的真实。如此，时间也是作者构建自己的文学空间的方式。在小说《消失的地中海》中，我们看到，作为实验班学生的"我"，观察"电子手表小时和分钟之间的两个点闪了又闪，而在我注视30秒过后，屏幕就会休眠"。我"专注于聆听时间的声音"，精准估计每个晚上牛奶供应窗口的开放时间。如此，实验班压抑的日常、消失的珍贵、想象的自由、快乐的微光，对时间的敏感通过几乎诗意的细节得以传达。短章《樱擦肩》中，作者说："樱花是春天的仪式。仪式是有结束的，而且绝不漫长：一次劲道的雨就会结束这场潦草轻柔的仪式。而今天下起雨。在暴雨下湿漉漉地记叙了这个仪式，而停笔时雨也骤停。"这种时间感的敏觉和细节要素的关照在作者的写作中是一以贯之的。

我个人偏爱《冲》这一篇，这是少有的能够对于特殊的情境作精微表达的一种作品，它体现的更多是作者回应现实生活的一种能力，她不以俗常化的安全方法来处理题材，她的作品有一贯的稳健的风格，但也并不惧怕尝试、跳离甚至实验，她的思考、她的感受皆来自于她鲜嫩的心灵的真实。土耳其电影《我的父亲,我的儿子》里有一句台词,儿子问父亲:"人一旦长大,梦也会变得单调吗?"我却期冀作者能够始终有灵有梦,伴其顺风满帆的文学旅行。

作家、学者

南京师范大学文学院

朱婧

引言

我知有光的地方就会有影子，

因此有影子的地方，就必定有光明。

来一场关于影子的冒险吧，

愿每一个曾寻找影子的人，都能邂逅他们的光明。

目录

第一辑　金鱼看见

第二辑　消失的地中海

第六辑　维利吉斯

第一辑　金鱼看见

故乡给他留下一个背影
从他的记忆里一点一点褪去
就像电梯递减的数字
与眷恋的楼层温柔地渐行渐远

金鱼看见

1

第一秒时，尚不知身在何处。

圆形鱼缸的折射让每一道色彩都被拉得无限长，棕色、白色与其他的杂色，每一次轻微动弹便换了模样。它需要很久，才能适应过来——它适应了整整一秒钟。

这是一座处在青弋江畔的老房子。木地板上白色柜子规规矩矩地摆放着，为了省电而没有开起大灯的房屋透着夕阳的光。屋里陈设经久却仍干净，博古架高处有件一个手掌大的木制工艺品，爷爷奶奶把它放到架子上时却用了两个手掌——生怕有了一点碰撞。

工艺品雕刻的是一对老夫妇，老爷爷戴着眼镜凝神看着报，老奶奶则织着毛衣，背微微弓着。两个人坐在长椅上，长椅边还卧着一只狗。老爷爷、老奶奶、狗，尽是惬意的神情，好像世间苦恼一概不值得挂心，哪怕岁月已然一步步将他们送至尽头。

这件工艺品是去杭州工作的儿子儿媳搬家前留下的。搬家时爷爷很不舍得,他理想的一碗汤的距离变成了300公里。奶奶豁达地劝爷爷,孩子们有自己的前程,要支持。

可是背地里奶奶才是最不舍的那个。

孙女就是在奶奶的呵护下长大的。她从小到大一次也没有摔过跤,奶奶总是骄傲地说。但是去了杭州以后呢,没有了奶奶的守护,她有没有在水泥的路上擦破过皮,有没有把眼泪掉在染了点血和泥的脏裙子上,有没有在胳膊和腿上留下终身的疤痕?

奶奶经常看着那件彩色的工艺品,就像金鱼那样看着。工艺品刻画的是老爷爷和老奶奶,他们都很鲜活。工艺品没有刻画出太阳,太阳却也很鲜活。

太阳晴朗的光无言地照在报纸与毛衣上,毛衣甚至有些微微发烫。狗的毛就像在风中被轻轻抚摸着那样,它那样享受。

奶奶家没有狗,奶奶只有鱼。一尾好看到了极点的金鱼。

2

第二秒时,摆动了一下鱼尾。

金鱼的尾鳞反射着太阳的七种颜色,红橙色身子光滑灵动。奶奶眼中的它实在漂亮,也不知是因为年纪磨花了眼睛还是事实本就如此,这尾金鱼身上的每一片鳞都仿佛完美无瑕。

奶奶有一儿一女。儿子带着孙女和儿媳去了杭州,女儿则因为煤气中毒去世了。

奶奶曾为此落泪：她明明是那样坚强，像个英勇的骑士，守护着身边的一切，与岁月做殊死的斗争。

女儿去世了，外孙还在。外孙比孙女大很多，也很优秀，已经去国外留学了。

金鱼有时候会看见奶奶给阳台上长寿花浇水的背影。长寿花就是外孙寄来的，他说等花开时就会从西班牙毕业了。到那时候，就会回来看望外公外婆，看望他已故的母亲。

3

第三秒时，拍动了三次腹鳍。

半透明的腹鳍很快速地扇动。想来它还是三年前，孙女去外面游玩时从游戏的鱼池里捞上来的。每天在儿童小渔网的夹缝中躲闪而又无处可藏，一次次看着身边漂亮的同类被细铁丝与白色棉线的网拥抱，罕见地在水面之外看到太阳发着恒定的光，继而落进半透明的红色塑料袋。从小鱼池的主人向袋中倾入半袋清水，终于又能呼吸了的那一刻起，就陷入另一段未卜的命运。

孙女把金鱼带回奶奶家，一开始有两条，后来只剩一条了。奶奶说一定会照顾好这一条。

金鱼从小至大，转眼已是三年。

奶奶家还有很多孙女小时候的玩意儿，稍微长大了一点儿时，去杭州也带不了它们，便被奶奶收起来，尘封在衣柜里、床铺下、房间的飘窗边。

奶奶找到孙女以前珍爱的小熊手偶，看着它泄了气般的空身子,左思右想最后塞满棉花,一针、一针、一针地缝成了饱满的娃娃。

4

第四秒时,奶奶向爷爷走去。

爷爷得了贲门癌。那以后他们常忙碌地奔波往来于医院与家中。爷爷为了陪伴奶奶选择做手术来延续自己的生命——背负着死亡的风险。奶奶用她的生命与心去陪伴爷爷,始终如一。他们视彼此为珍宝,为彼此的勇气与力量。

那时候的金鱼就常常空守着偌大的家,转身间腹鳍扇动水波分合,如同祈祷。而后大约是它的祈祷成功了,爷爷的手术也成功了。当门吱呀作响,楼道中走进的两个风霜影子在圆形鱼缸里被无限拉长,透过空气和水波,金鱼像是能感受到他们的幸福。

那以后的金鱼每天都能看到奶奶定时定点地站在厨房里熬中药的背影。中药的苦香味透过厨房老旧的移动门,像是要一直钻到鱼缸里去。可是奶奶从来不皱一下眉,就像勇士面对火药气息那样无惧。

奶奶还会拿着放大镜对着料理机的说明书做流食:爷爷的食道动了手术,只能吃流食。奶奶将买回的蔬果换着花样,通过料理机打碎成汁,有时也将各种不同颜色的豆类打成原汁豆浆,给爷爷补充营养。那份说明书看多少遍都像刚拿到手,按键的颜色总也分不清。她恨不得自己多生出一只手来,因为一只手拿说明书、一只手拿放大镜,她就已经没法操作了。

5

第五秒时,奶奶经过了鱼缸。

准确地说,应该是奶奶的身影终于走近了金鱼。它迫切地望着这个身影,即使被圆形玻璃缸无限拉长,它也能认出来。奶奶年逾古稀却并未老去,她的背直直地挺着,她的脚步轻健有力,头上生了华发,便戴上了一顶小假发,她从不相信岁月。

老人的时光,总是在有些无所事事的闲暇中流逝,即便落日的分秒都弥足珍贵。爷爷病了以后常要靠睡眠来保养身体,奶奶便一人坐在干干净净的八仙桌边上打纸牌。她叫作"拉关"的游戏,其实与电脑系统的小游戏"纸牌接龙"是一个玩法。奶奶是在很多年前工作的闲暇跟同事们学会的。

她把两副纸牌都摊在桌上,一言不发。偌大的八仙桌还是爷爷奶奶结婚时的唯一纪念,大理石面已经被磨得油光锃亮。

屋子里很安静,正赶上爷爷休息的时间,奶奶知道他睡眠浅,于是整座屋子里只有牌落在桌面和秒钟走动的声音。她翻过一张张的牌,将它们连贯成故事。金鱼也很安静,安静地看着奶奶"拉关"的背影,好像是在把各种各样的奶奶的背影连贯在一起,以认识一个完整的奶奶。

这种牌局有的有解、有的无解;有解的也分了难易。奶奶已经玩了很多年的"拉关",也已经掌握了很多有解牌局的解法。她总是喜欢用"一局牌是否能解出"来预卜某个未来。

爷爷患病以后,她几乎所有的问题就都变成了"他的病会不会好"。

若是解开了，自然是好的；若是没解开，就再来一局——无论结果如何，只要未来未至，女将军一样的奶奶就不会放弃。

奶奶家窗边的青弋江正是即将汇入长江之处，江上有四季常驻的渔船，奶奶坐在落地窗边的八仙桌前拉着关，能听见渔船的轰鸣隔着窗户传来，显得遥远。江上夕阳发着呆，缓慢地折射到奶奶的落地窗上，映亮了不开灯的奶奶家，一直映到鱼缸上，金鱼发着光的鳞片上。

夕阳收了，奶奶便收了纸牌，又去厨房忙碌晚餐。

6

第六秒时，直线向奶奶游去。

尽管自身的压力感受器提示着那里不再是水域，它也会一往直前。头撞在玻璃缸上发出闷响，被拉宽的长长的影子顿了顿，它知道那是奶奶在看着它笑。它看着奶奶的笑颜，跟着笑起来，感受到水平面轻轻颤动了一下。

奶奶每天都会给金鱼喂食，早晚各一顿，从来不多不少。金鱼总是吃到正好饱了为止，总是万分的惬意。奶奶的手向鱼食罐子里抓上两三粒撒花般向鱼缸里撒去，金鱼就张开嘴把黑棕色的鱼食吸进了肚子，微仰身看着奶奶的动作，像是看见传说里的天女。

后来鱼缸边飘散的不再只是中药的苦涩，而多了一缕香。粉色的花骨朵芬芳馥郁，温柔而不明显的气息氤氲在整个陈旧的屋中，亮粉色的花瓣渐渐伸展，甚至开始随风有了一点点的飘摇。

阳台上的长寿花开了。

7

第七秒时，久久凝视她的背影。

金鱼久久凝视着奶奶的背影。奶奶端着一碗精心熬制的粥，爷爷在一步步地恢复。曾经奶奶如此照料着金鱼，让它的生命受到了珍视；而今奶奶如此照料着爷爷，爷爷定然也会得到眷顾。奶奶就是这样，她的背影里是无限爱意。

一位将要归家时的勇士，看着被自己守护完好的家人，满眼无边的爱意。

爷爷抬起头，看电视时微皱的眉头舒展开，双手捧过奶奶端来的粥，指尖与奶奶有一瞬间触碰，流露出的是黄白老旧的坚硬老茧下的柔情。拿起勺子时顿了顿，身子向沙发边上挪了挪。

奶奶笑笑，弯着腰慢慢在爷爷身侧落座。厨房里的油烟机渐渐不再响动，煮粥的砂锅余温渐散，被遗留在砂锅里的一粒粥米沿着白稠的壁一点点滑下去，滑下去。

它用七秒钟去记住那个背影，然后在辗转的异乡与圆形鱼缸所致的变形画面中扑棱地转身，鱼尾摇动带走了清澈水中的一抹鲜活。

金鱼的记忆不止七秒。奶奶的背影，它会永生铭记。

尾 声

金鱼的视角以外，世界还在运转着。

长寿花开了，转眼春天却又要过去。

外孙拖着行李箱，把背包的肩带向肩膀上拉了拉，垂头在玄关里外公外婆的注视下换好鞋,笑着示意自己要离开了,挥挥手,迈步出门。

外孙此行是来探望故乡。行程到了尾声,他却还没有找到故乡。

身后的门"咔嚓"响即落锁,他再转头时也只能看到那扇门与门上脱落了一半的对联,以及坏掉的猫眼。

他去了母亲的墓地,去了外公外婆的家里,去了曾经生长过的土地。不同于从前的是,抵达这些地方时的措辞,全都变成了"去"。

外孙行李箱的万向轮在白瓷砖地上滚动,三两步到达电梯口屈指用关节摁下电梯的按钮,银灰色镶嵌光圈的按钮向里陷了几分,又恢复原状。

没有反应。

又按了一次。这次的力度稍大些,停顿片刻才抬指,指关节甚至有些微痛。红色光圈的按钮灯终于亮起来,漏风的电梯发出声响,表示楼层的数字闪灭又亮起,开始了运行。

外孙等待着。他回首就能看到外公外婆家的房门。那里是长寿花和金鱼的福地。

可是他的母亲在这里长眠,故乡是他不愿想起却又百般挂念的曾经。

在某个平常的夜晚,妈妈为幼小的他洗完澡哄着他睡着,自己再去洗澡时却忘记了开窗通风。热水器里泄漏的煤气开始侵占这间浴室,在热气萦绕的暖灯下,睡梦中的外孙忽然间变成了独自一人。

爸爸为生计在外地工作,外孙住进了外婆家。奶奶那青弋江畔的房屋,见证了外孙的成长,又抚养着孙女长大。始终伫立在江畔,观日夜春夏潮汐起伏,观商货的船只往来停歇,孕育着经久的温暖。

电梯的门延迟地打开,里面的灯罩碎裂,一只白灯泡裸露在钢筋间,接触不良地扑朔着。行李箱和外孙的脚踏进去,电梯便不堪重负地摇晃几下。三面墙上都贴着残缺的广告,还有手写的电话号码条。

电梯门合上了。

下一次走进这个电梯的时候,大概就是下一个清明,长寿花开放的寒春。

外孙想着,或许他的故乡一直都在,在他的背影里长存。

可是,人是看不到自己的背影的。

他与他的故乡背靠着背相依,故乡仍是他忙碌于生活的间隙晃神时全部的挂念。不同的是,他再也看不到他的故乡。

故乡给他留下一个背影,从他的记忆里一点一点退去,就像电梯递减的数字,与眷恋的楼层温柔地渐行渐远。

电梯漏风的声音戛然而止,电梯的左右两扇铁门相依停顿,良久才不舍地分开,把正对面透明玻璃门外的阳光带给他。他的手卷曲拉住行李箱的拉杆,离开了电梯间。

电梯门在身后迫不及待地关上,两扇铁门合并到一起喜悦地轻吟。外孙腾出一只手拉开了单元的玻璃门,抬脚步入阳光里。他的嘴角有一抹浅笑,在光晕与春风里被拂得三分失真，垂眸时好像还能听到江水拍岸，商船低鸣。

有一瞬间他看向阳光，微仰着身子和背影里的故乡相依，眸中有同金鱼的光。

嗨，我回来看过你了。

※*Author's Notes*

文中奶奶的背影，是万千空巢老人的写照。他们孤独又安静地等待着，站在窗边看青弋江逝水东流，准备着迎接许久未归的至亲、一些经久尘封了的记忆、生的漫长与死的寂寞。

在这篇文章里，我尝试使用了一尾金鱼的视角。一只岁月匆匆、以秒度日的金鱼。虽然是用金鱼的眼睛看见这一切，但我毕竟不是那尾金鱼，所以我不能断定它的思考。我尽量尊重它、没有将它拟人化，也没有描写它看着这一切时在想什么。我想，这样写或许能够使这个故事看上去更加真实，也更加暖心。

在文章尾声我切换了视角，让外孙作为主角。因为在写空巢老人的同时，我也想试着描写老人们思念的另一个群体：离家的雏鸟。当他们再次回到故土，回到从小栖息的城市或乡村，真的会热泪盈眶吗？会轰轰烈烈如同电影的镜头特写，对着那些老旧的房屋笑着流泪吗？

外孙回到故土的经历云淡风轻，就像长寿花的香气那样平静。

因为故乡早已融入他的背影，无处可寻，亦如影随形。

蓑衣英雄

1

古镇的空旷广场被全国各地的非遗铺子铺满。特色各不相同的悠久历史气息，也是一种繁华。陶艺、印染、雕花、酿酒、剪纸……在这些铺子前都满满当当，形形色色的游客观赏着，不时就有人买几样小物件带回家纪念。每个铺子里的老手艺人都是一个活的故事，都有一种无声的宏伟。

这就是一年一度的非物质文化遗产节。类似的节日，在全国各地不断地上演，时间不同，地点不同；只有这些铺子里的人，并没多大的变化。

"或许下一次的节日，对面的铺子还是那一家呢。"老柴想。

老柴的铺子很安静。背着太阳光，也不晒。他能听到薄薄的塑料背景墙背面热闹的喧嚣声。那大概是个雕花的铺子，总是有人问，老板，这件东西上雕的是什么？

他们哪里是老板呢，他们不过是非遗的传承人，是文化的见证。他们受欢迎的原因也不完全是因为工艺或者生平有多么精彩，可能只是因为雕花做在哪儿都实用、好看。这些文化的意义，对于这些事不关己的游客而言，不过是一种微不足道的纪念。

老柴不是老板，老柴就是老柴。他缓缓侧过身子，把用钩子挂在展铺侧壁的手织蓑衣理了理。蓑衣是棕榈皮编的，可是棕榈皮扎手，那些细皮嫩肉的小年轻不大喜欢。

一个上午过去了，老柴的铺子前面只有两三个游客停下来过。他们看了看那些棕色的扫帚尾巴般的东西是什么，然后也走了。

老柴把老式鸭舌帽的短小帽檐又拉低了一些。不看就不看。

这才只是上午呢，等到了下午，太阳照样会到老柴的铺子上来。

不是说，一蓑烟雨任平生嘛。老柴就是个编制蓑衣的手艺人，他什么也不怕。

2

老柴是廿八都的老柴。

衢州的廿八都，是个山清水秀的好地方，却也是个被时代遗忘的世外之地。黑瓦白墙的整齐古村落与周围层层叠叠的山群，彼此呼应着。这里的游客倒也很多，目的性也更强——他们注重的不再是那些器物的美观，而是这个千年古镇的风韵。

老柴的作坊是一间矮小的黄土坯房,门口就是廿八都古色古香的窄街。这房子不是老柴自己的房子,老柴的房子已经都拆迁了。黄土坯房的墙壁仔细看处处都是破败,泥水、岁月和尘埃的烙印,粗糙得就像是老柴的手、棕榈的皮。

　　老柴的左手只有四根手指,无名指没了。他以前房子被拆迁的时候不舍得,总还进去拾捡些旁人看来毫不值钱的老玩意儿,结果最后一次进去的时候老房子塌了一块,把老柴的手指压没了。

　　老柴是个手艺人,编制蓑衣更是要手巧,他那双手就是歌手的喉咙、思想者的头脑,是吃饭的东西。可是老柴就是为了这么点破烂的老物件,把金贵的手艺人的手给压成了残疾。

　　有很多人都以为老柴从此不能再做蓑衣了,还有人为他庆贺,说是终于放弃了这赚不着钱的营生。老柴一家子都没人在做蓑衣了,老柴的手艺最初是从他的表哥那里学来的。他表哥去世很多年了,他表哥的儿子也没有再动过学做蓑衣的念头。老柴有两个儿子,可是大儿子卖橱柜,小儿子卖保险,他们宁可做些别的辛苦活,也不愿做蓑衣传承这样没有未来的活。

　　老柴说,要是他停下来,他们整个家族就要和蓑衣绝缘了。他担当着重任,他要当家族的英雄。

　　虽然老柴不说,但是村里人和老柴的家人都知道,老柴不过是要当自己的英雄。

　　老柴编制蓑衣的技艺，已经称得上是一绝了。尽管在村民们看来，老柴不过是每天都在和一大团棕榈皮做斗争，日复一日，毫无变化。

　　老柴对蓑衣是很专情的，所以对原材料也极度挑剔。那些粗的棕榈皮都是用来挑担、干粗活的。"做蓑衣是细活，不挑剔怎么行。"老柴总是说。

　　老柴的蓑衣铺子前，是一条很窄的小道，房门前挂着蓝边黄底的倒三角旗子，上边是打印体的"蓑衣作坊"。他并不需要吆喝，这四个字和门口疙疙瘩瘩挂满棕制品的黄土墙，已经足够说明他是谁。

　　他有两张摇摇晃晃的长木桌子：一张放在挂棕制品的黄土墙前，再摆上些棕制物件；一张则是放在正正的铺子前，自己搬个板凳，就坐在那长桌子后面，有时候半个人都坐在门里边，神情专注地编制蓑衣。

　　这也是他不吆喝的原因。做蓑衣是什么？是艺术。创造艺术的时候，是容不得市井喧嚣的。虽然文化水平只有小学二年级的老柴并不会这么说，但他的确这么想。

　　制作蓑衣是一个很复杂而艰难的过程。

　　先是采集棕榈皮。老柴总是要亲自去精挑细选，一块棕一块棕地捡出最好的。

　　接着开始准备棕绳。先是把棕榈皮抓碎成棕绒，就是那些大团大团的东西；然后拉直，把棕丝一根一根拉出来，取长的，短的不能要。

再就是捻线,把那些长长的棕丝搓捻起来变成细细的线;然后把两三条线又搓成一条细绳,这个绳子才可以用来编制蓑衣。经过缝制领口、塑形、拍打,再穿针引线、定位,最后密密缝合连缀而成。

老柴创作艺术总是无比专注。有时他的眼角余光和潜意识会捕捉到有游客的单反摄像头对准了他,有时他会发觉有游客在他身旁一声不响地站了不知道多久。制作蓑衣的过程就是这样漫长又宁静,老柴并不在意这些看着他的人,只是站在他自己那可能是全廿八都最破旧的铺子门口,把背佝偻成一个垂直的九十度,眼里除了棕,再无他物。

廿八都古村落的某个转角,蓝黄色旗帜下最破败的房屋前,面对着斑驳的砖墙和窄窄的石板路,有个头发花白、年过花甲的瘦小老人。他微微斜侧地朝着石板路尽头的身影,像是在守望。

4

老柴的那条窄路和斑驳石墙的另一头,是一个根雕艺术的店铺。在廿八都这样的古老村落,那家根雕铺子跟老柴的黄土坯房可谓天壤之别:华贵古朴的大店面上挂着精美牌匾,还是请了个民间书法家题的大字,只是老柴也看不懂那写的是什么。长长的房檐伸出来,几乎把一整条窄街都给盖住了。

根雕艺术品件件都贵得很,几个手艺人好吃好喝地坐在大院子里一点一点地雕,雕一会儿还唠嗑几句,热闹悠闲。游客们看了也乐意:瞧,多精致的花纹!带回去当个纪念品,

蓑衣英雄

贵一点也值得嘛。

编制一件蓑衣,要耗费的时间可是半点也不比根雕少。一件成人能穿的大蓑衣,好的要编制上六天有余,光是棕线也得耗去好几斤,更别说老柴对棕皮的要求奇高,成本无法可想。

最重要的是并没有人买。

各种雨衣的盛行使得蓑衣失去了本身的实用性,放一件扎手的大蓑衣在家里也确实没有根雕来得气派。老柴看着手上的活儿,摇了摇头,借佝偻了九十度的视角看见游客的彩色运动鞋从他的蓑衣铺子前边走过。

……如果,做点别的呢?

老柴不像别的老手艺人,他很会创新。瘦得青筋暴露的手抵在破木桌板上,满是褶皱和斑纹的手指在桌面上敲了敲,老柴缓缓蹲下身,从桌子旁边的一捆棕榈皮里又抽出一张,开始了他创新的道路。

老柴的蓑衣铺子上不再只有大蓑衣,还有两只手掌那么大的小蓑衣、棕榈皮编的凉拖鞋、鞋垫……他把看起来粗糙得不成样子的棕丝一下儿一下儿地编在一起,小而有神的眼睛一刻也不放开,嘴抿着,显得他那消瘦的下巴更加像个锥子了。老柴的背还是佝偻成九十度,明明身后就有一条竹板凳,可是他一干活儿就绝不坐下。

老柴的创意回馈给他的是日渐晴朗的生意。从那以后,老柴做棕制品时驻足的游客也越来越多了。那些手机和相机,把老柴的英雄行为传播了出去。越来越多的文博会和非遗嘉年华上,也有了老柴的身影。

老柴以前总是戴着一顶老式的鸭舌帽,后来若是出席很重要的场合,老柴会换上高高的毡帽。老柴创作时其实常常也不戴帽子的——九十度的弯腰守不住帽子。只有一个沉默的花白的头顶,始终朝向热闹的人群。

只有从更加近的角度,才能看见那层镀着光的专注,细致且柔和。

文博会上的老柴会端端正正地坐在布面铁支架的靠背椅上演示怎么编制棕榈皮。他还是抿着嘴,而嘴角又分明带着笑意,小而精明的眼睛有一种别样的和蔼。老柴还是像往常一样拿着他最常用的粗大铁剪刀,本就显瘦的手一用上力就更加青筋暴露,每一个动作都很认真。老柴的藏蓝色棉服上沾了点灰,还有细碎的棕丝,可是老柴整个人仍然干净利落。

有几个学设计的大学生,就是在这么个文博会上遇见了爱创作的老柴。

他们大概也没想到,一个看上去很拘谨很沉默的老人,笑起来却很开朗……用起手机来也可以很熟练。老柴就是这样,他努力地跟紧这个时代,不放弃任何的机会。

大学生和老柴顺利加上微信以后,给了老柴许多精妙的设计稿。他们说,如果把棕做成这样,定然也是一种美。

老柴微微眯着眼睛,用粗糙的手指一下一下划拉着屏幕。

棕刷、棕垫、茶袋、杯篓、茶罐仕覆、茶食容器……

有些字老柴根本不认得，也不懂是什么意思。但是老柴知道，这是棕榈皮的希望。越来越多做工精致古色古香的棕制品出现在老柴的木板桌子上，越来越多的游客喜欢在老柴的铺前驻足。老柴抿着嘴、嘴角带着笑，他的手上、身旁、心里，都是棕。

老柴对面的斑驳砖墙都比他的土房子要高得多。不过太阳向来都公平，那砖墙也挡不住的光，在每一个午后，温柔又沉默地来到老柴的铺子上。棕色的棕制品，摆在木头桌子上、挂在黄土墙上，都应和着那点阳光，汇聚起一丝一缕的温暖，照射进老柴明亮又固执的心。

老柴的破黄土房子成了廿八都一道独特的风景。"蓑衣作坊"三角旗下边不再净是蓑衣，老柴却仍然是那个把背佝偻成九十度的老柴。

他不说、村里人和老柴的家人也都不知道的是：老柴做的不是家族的英雄，更不是自己的英雄。

老柴是蓑衣的英雄。

※ *Author's Notes*

初识老柴于一处古镇。他的店铺相较那条街上其他光鲜的铺子冷清很多，但是展示的手艺在我看来也最独特。他站在临时搭起的棚子里，穿着薄薄的长袖衫，细瘦、青筋暴露的手臂在捋起的袖口露出，顺着看过去就会发现那根缺失的手指。于是我遇见了老柴。一个老人，有着沉默又骄傲的微笑，眼神明澈透底。

再后来我们三言两语成了熟人，用微信不那么顺畅地聊着天。他的手写错误不算太少，但是能使人基本认得。我发现他其实是个非常努力地在跟着潮流的老人，他对于手机的操作一点也不笨拙。

　　他三番五次地邀请我去他的家乡廿八都。那是一种难以想象的热情，炽热而诚恳。我第一次时就激动地答应下来，然而总是因为生活中种种的事没能去成。于是他托游客录视频带我参观了那间只能容下他一人的小作坊，破旧的黄土墙以及那里的一切才入了我的梦。

　　我应下了这个终有一天会实现的邀约。我定要找个上好的时节，去尝一尝老柴曾和我提过他家乡"一年只做一次"的特制青团。

月亮的眼泪

帆船已经驶向了海的尽头。

阿拉伯三角帆船的帆像是鸽子的翅膀,不过略微有些泛黄了。这并不影响它的飘逸,因为我亲眼看着它还在海上——不,是空中——海天的融合之处,不急不缓地摇曳着,背对着风,也背对着我。我们相依那么多年,它总是只给我它的背影。

真是让人生气。它不肯露出它柔软的脸庞,不肯向我有一瞬的回眸。它永远仰望着天空,永远向往着那方清宁。可是,海和天又有什么差别呢。出了太阳了海就变成天,下了雨了天就变成了海。

一点儿也没错——海上的雨那样汹涌,天和海都在咆哮,都有一道道刺眼的白浪花儿,有时候我到岸边去,天变成的海就把我整个儿卷进了细密的波涛。

我才不会被它卷走呢:我可是波斯湾这蔚蓝海岸边的采

珠人。我每天都能下潜五十多次，就在那天变成的海里，要找到那些玲珑的珍珠，那些被我们的先辈们称之为"月亮的眼泪"的珍珠。

用刀撬开那些在水草里拣出来的小贝壳儿，平均十个才能出四颗珍珠，难得很。那珍珠真正被撬出来的时候，一点儿也不圆，而且从里到外都发着黑，生着斑点。刚开始采珠的时候，辛苦那么久却只能得到这样的小东西，总是令人沮丧的。但是后来我们都爱上了海，于是也爱上了原生珍珠的质朴。

潜到深蓝色之中的时候，神秘色彩的压迫让人无法动弹，沉重的压力时刻告诫着我们这群不合时宜的侵入者它真正的力量，而我们在那种威压下看到了贝类生物的花纹与海水里摇摆不定的光的重合，在那个刹那所有的时间都变得缓慢，好像无风的海那样醇厚悠然。有一种水波的颤动脱离我的耳膜直达心底，一条鱼在我身下寂寥地游过。很久以前我就逐步失去了和鱼的不同点，但有一点没有改变：没有海我们谁都活不了。任何一朵浪花也都是这样，任何一片帆也是这样。月亮将为我们落泪，施舍我们以海以珍珠。

于是我抬起头去问我的帆，它为什么还要向往天空。我看到它与风的激烈搏斗骤停了一秒，那一秒以后一切都脱离了我的掌控，这不再是那个属于我的世界。

海水挣扎着涌回我的记忆里，一些浪花在沙中死去，一些仓皇退回。海面上看不到任何的一条鱼，我的白色风帆凭空溃烂，我的帆船变得沉默不语，我抬起头要看天时只觉得头晕眼花，我陡然间停下了沿着沙滩来回走的脚步，感受到脚底板被沙子磨得生疼发烫，感受到脚下那一小段海滩被我走得凹陷，感受到海和天突然间分清了界限，我醒了过来。

我已经是一个苍老的采珠人，拥有了很多平淡而漫长的故事，然而在一个采珠已经被禁止很多年了的地域，再也没有人需要悉心聆听我的过往。

我的海已经疲惫了。它再也承载不了我那昂头挺胸的三角帆船，而以我的寿命也再等不到它重新怀抱我的那一天。我们曾经心怀悲悯地对望很久，虽然我依旧不如它苍老，但我们都已然脆弱得岌岌可危。如今的海滩上像消化不良一样吞吐着成堆的海藻，它们就像我发白的胡须一样黏糊糊，纪念着某一声不可名状的叹息。

于是我患上了幻想症。其实我并不完全清楚这个病状是什么时候开始出现的，因为从我的帆还是纯白颜色的时候开始，我就狂热地爱着幻想，并且一直到今天也没有放弃这份热爱。不过我坚信这是海赋予我的慰藉。于是我每天都会有一段时间不停地在海边来回踱步，不可救药地陷入完完全全的幻想中。

从那以后我与幻想相依为命。我幻想海和天，幻想一切的忧伤，幻想从前采珠时乘坐的三角帆船，幻想海风鱼腥，幻想白浪拍打，幻想从前和现在的一切的背影。我明白我的帆船、浪花与鱼为什么都用背影对着我而去向往天空了：它们都能触及海面，可终生都将与天空无缘——并且在我们的世界里，能够向往的庞然大物只有海和天而已。

海的中央就是天的中央,我也想离天再近一些。于是我的脚触及了冰凉的海水,浪花带走我脚趾缝间的沙粒,又带来新的另一些。我的脚腕被陌生的海草缠绕,做着柔软又无力的最后的挽留。

我为活着而生,我别无选择地深爱着海。我的爱肤浅又虚伪,但是海让我活了下来。

我用背影面对和我抗争了一辈子的海,慢慢向海中央走去,感受到下潜的后遗症——海的压力在我伸出脚的那一刻起就不停增长着,我的心狂热地跳动,我将那种胸口发闷的心情理解为爱。我想起强大海压让我的耳膜破裂前我曾听见的海浪与鸥鸣,想起全身上下无处可逃的压迫感,想起从前同伴出了海见到天时突兀地吐血而亡,想起爱我的海呛入喉咙的深吻,冰凉又咸涩。直到我的腿上也开始被浪花带来沙粒,我的腰肢,我的肩背,我的脖颈。

我送给与我形影不离、相依一生、永远深爱、已经刻入我生命中的海,送给它残缺的我的背影。那里有我的恐惧,我的孤独,我的回忆,我被海底猛兽亲吻的伤疤。

月亮又开始落泪了啊——

我再也没有停下。

※ *Author's Notes*

《月亮的眼泪》里所描绘的场景是依靠阅读与幻想而成的,我从未去过阿拉伯海,但我读过关于采珠人的艰辛故事,他们一代又一代与大海形影不离,相依一生。采珠是一件很

月亮的眼泪

025

危险的工作,面对海中危险鱼类和海水压力,越往深处海水温度越低,海水压力直接作用于人体内部,容易造成身体不同部位的组织器官损伤,如此恶劣的采集环境,生命难以保障,我感叹于采珠人的勤劳刻苦,以及这个群体应对逆境的坚韧心态和冒险精神,于是在阅读的世界里创建了幻想的楼阁。

冲

坐在房间里和坐在阳台上是不一样的,坐在阳台上和坐在车上也是不一样的。

房间里是一片空荡荡的安宁,平静、毫无波澜。阳台上有太阳或者雨,那是即便你闭上眼睛都能感受到的自然。疫情期间的这一个多月以来,356就在这两个地方徘徊度过。后来阳台大概被356看腻了,赌气地碎了一块钢化玻璃。钢化玻璃的碎,是不破裂的,只会变成满是冰裂纹的艺术品。

冰裂纹带来的后果就是,从此一出太阳那块玻璃就会无限反射着阳光,灼眼得很。

那以后阳台也就不是一个好去处了。

于是356乘着车,用轮子踏春去。

后座上的356像在阳台的藤椅或是房间的木椅上一样,就那么坐着。腿不完全并拢也不大敞开,用较为舒适的姿势随意伸展着。不过因为有前座的存在没法太过伸展,膝盖总是屈的。

尽管是精心摆出的舒适姿态，也得不一会儿就换个姿势，避免腿麻。坐在家里很久，腿是很容易麻的。他若是发了会儿呆、用了个不怎么好的姿势，抑或只是在做什么不容分心的事，不消片刻，脚尖、小腿和大腿就会有一阵麻意。

他试过忍着这股麻意不管，但不管就意味着更加专注地保持这个姿势，越是注意就越是难受，直到两条腿尽是剧烈到几乎让他的腿颤抖的麻，356终究还是忍不住了。

所以最好的方式还是不时地调换姿势，356想。

好久没启动的车里有股不新鲜的味道，于是开着车窗让风不断降落在不堪重负的羽绒服毛领上。和昨日的阳光擦肩而过，今天遗憾地是个灰色的天。坐在车上和坐在阳台上都能跟树丛比肩，隔着道玻璃的观光围墙都能闭着眼睛听到阳光。只不过车身的颠簸与发动机的轰鸣不像油烟机闷闷在遥远身后厨房的低语，它代表着356在路上。

只是在路上。这点可以给356带来很大的安全感。不向着什么地方：学校或是家，都不是。车身颠簸着在马路上向前，路边是一闪而过的早春的樱与玉兰和大片大片的树丛，只要不抬头就看不到高楼。

356时不时捕捉着沿路的粉色，然后下车踩点。长久的居家使他不再记得哪里有这些颜色，但是路很长，他总能找到。

车一路向着前，"前"不是一个方向，他会随时在任意一个十字路口就任性地拐了弯。哪边有粉色他就去哪边，哪边有新绿他就去哪边。偶然看见江堤下面有几株黄色菊花也会驻足,与一辆很拉风的摩托车擦肩也会回首。

356站在矮矮的菊花丛边上像个巨人,也不蹲下身,就低着头看。路边有同样戴着蓝白色口罩的小孩和家长,大呼小叫地惊叹这雏菊真是漂亮。356收起手机上江堤,这才不是雏菊,这是黄金菊。

有鸟从江这头飞到那头,那么大的翅膀拍打着,356刚要拿出手机它就消失在云雾里。就算拿出手机也拍不到的,向着暗中作祟的太阳举起手机,费很大劲才能看见照片里的小黑点。356目送着飞鸟离去,甚至有点想张开手臂效仿,然后他就真的张开了手臂。

幼稚又荒唐。

被疫情遗忘很多天的某一小片区域很安宁,人行道上早已有了大人、小孩和猫猫狗狗。天气湿漉漉的,所以樱花也是湿漉漉的,玉兰也是湿漉漉的。356走过的樱花没有飘下花瓣雨,但是他拿出手机拍照的时候雨珠和他打了招呼。

擦掉手机屏幕上的雨珠,棒球帽的帽檐响起像伞面一样的声音,不一会儿羽绒服的毛领也变得湿漉漉。356转身回车上,没有跑也不是走。

雨里的漫步给他带来一种久违的狂想,像是上个春天和上上个春天都曾有的那样。

356突然地笑起来,于是心里面不再湿漉漉。

这条路356闯过无数遍,因为这条路涵盖了好多好多路。江边的路是这条路,公园边的路也是这条路。

冲

以前去江边观潮晚了一步，潮丢给356一个背影就跑了。于是356果断地疯狂地带着他的车向潮的方向驰去，直到再也不认识这是哪儿，才停了车奔上江堤去。于是356正面截击了江潮，大饱眼福。

以前在路边发现不少奇异的野花，又想采又不敢采，最后眼疾手快抱下一大捧，把书包里的书抱在手里，野花放进书包里，于是收获了一大捧书和一书包的泥土。

以前回家去江堤上租一辆自行车，倾着身子向前，很快很快地往家去。沿路的樱花被车轮卷起，于是因为美色停下了脚步，跑到从前似乎没见过的樱花林里去，站了好久好久，最后发现是自己骑过了路口。

以前车后备厢放着风筝。他不怎么会放风筝，只会放了线就在草地上疯跑。不管风筝怎么样，就一个劲儿把无边草坪跑到边，大口喘着气，一身快意。

这次他跑得更远，从没有病例的地方跑到了重点观察区的边缘。导航里的疫情地图提醒他这里曾有好几起疑似病例活动过。356戴好口罩下车跑了起来，不时地避开那些送外卖或者快递的电动自行车，耳朵里是辨不清方向的社区防疫喇叭在一遍遍提示安全，街边电子屏播报的是医护人员在一线忙碌的身影，氛围虽有些紧张却仍是井然有序的样子。社区岗亭前志愿者手中的额温枪发射着红色的光，从额头到手腕变化着瞄准的位置。

356却并没有瞄准什么。他只是在跑着，一如当年扯着风筝线时的那样。不过此时356没有扯着风筝，也不在一片很大的草坪上。他的身边是重点管控区的铁丝网和被几个志愿者守住的路口。

雨潮湿他的全身沉默成了云,天上是白亮亮的一片不刺眼的光明。他终于可以抬眼看天空而不被雨水滴进眼睛了。他路过很多人和很多声音,最后才又一路跑回车上。

356突然又开始想念他的阳台。没有人去砸阳台上那块玻璃,不过它还是碎了。这就像疫情在一个充满憧憬又没什么特别的年份到来,没有征兆却还是发生了。它虽然的确是碎了,但却摸不到一条裂痕——有时候一块玻璃碎了不是因为它做了什么遭天谴的事情,而只是因为原材料中含有硫化镍晶体。

无所事事或者大难临头,春天或者冬天,理智或者狂想,快乐或者悲伤。

356和他的车从江边到城市,从城市到江边,他在冲。

※ *Author's Notes*

疫情封住城与家门,却无法阻挡春生。少年乘着他的车,用轮子踏春去。

在这特殊的几个月里,大家都过着相同而又不同的生活。在家或病房,静候春的狂想。

我想记录下这个特殊的冬与春。人类被自然质疑,面临未知的病毒和那些疯长的数据,我们能做的或许只有冲。

不论终点,异于追逐,在被口罩遮挡而缩小的视野范围内,与春比肩于风中。

冲

童话镇

"嘿,纺织工人,欢迎来到童话镇。"

一个青年闻言驻足。中年男人将着他那一厘米也不到的胡子悠悠地走出来。他戴着一副眼镜,左边的眼镜腿已经松了,垮垮地挂在耳朵上。头发有些凌乱,眉毛似乎是与生俱来地微皱着,有点威严,也有点淳朴。他双手环抱在胸前,肩膀耸得很高,看起来好像已经驼背驼得不成样子。他手上拿着一把白底子的折扇,穿着件普蓝色的羽绒服,没有拉上拉链,所以里头打底的白衬衫露出来一截,不动声色地出卖了他的啤酒肚。

"童话镇?"

"是啊,如你所见,纺织工人,欢迎来到童话镇。"

青年皱了皱眉。中年男人仍然在将他的胡子,拇指抵着扇子的底部,食指在扇柄稍高的位置向反方向推了推,结果食指直接滑出了扇子。试着单手打开扇子而没有成功,只得继续拿着那把合着的折扇伫立在原地。

"可是这里没有镇子,"青年顿了顿,"也没有童话。"

中年人摇了摇头,慢悠悠晃了几步,把那合着的扇子伸向前隔空点了点青年,斩钉截铁:

"你错了。"

青年被一句莫名其妙的定论堵住了嘴,僵在原地。

好半天中年人才想起什么似的又抬起头看着青年人,背手而立。"纺织工人,来童话镇打工吧。"

青年什么也没问:"好。"

中年人领着他,打开了身后的门。这是间屋子,门口钉着一张木板,木板上是用油漆潇洒手写的"童话镇"。中年人终于不再捋胡子,头也不回地进了屋子,甩下一句话:"进来吧,纺织工人。"

青年进了屋。

中年人把扇子放在一边的桌面上,递给他纸和笔,让他去一边的空桌子旁坐下。"现在,纺织工人,你可以开始写童话了。"

青年人坐下来拿起笔。"可是,你为什么要叫我'纺织工人'?"

中年人看起来变得有些不高兴,他一言不发,转身走到里屋。青年人只能听到里屋开始传出一阵短暂的灌水声,他拿起笔,却无所事事。

中年人走了回来。他羽绒服外套里看起来又多了什么东西,更加鼓鼓囊囊。

青年人看了看他，又看了看桌上那把折扇。"为什么要叫我'纺织工人'？"

这次中年人的不悦更明显了一些。他低了低头，好像看了看怀里鼓鼓囊囊的那件东西，然后伸出一只手敲了敲桌面。"你可以开始写童话了。"

青年看着空白的稿纸。"写什么？"

中年人："童话。"

青年无语。"……我知道是童话。可是怎么写？"

这次中年人不再是不耐烦地敷衍，眼中有一瞬间甚至闪过痴狂喜悦的光。"童话……童话！"

好像等到说完这句他才听懂了青年言语的含义，突然又翻脸了，但也不是方才的冷淡，而是激动。

非常激动。

"童话怎么写？你居然问我童话怎么写！"

"怎么写……怎么写……"他重复着，在原地转了半个圈，最后眼神定定地盯着窗户，一只手捂着怀里抱着的东西，一只手指了过去。"写那朵花！那片叶子！那只爬山虎！那棵香樟树！"

中年人嘴角上扬。"还有那扇窗户，窗户边缘的那颗生锈的螺丝钉！"他缓了一口气，"还可以……还可以写……"

"写……'怎么写'！"中年人的神情更加兴奋，指着屋子上下说遍了，最后才一点点停下来，直到变回初见时那个蹙着眉的男人，收回了手，静静看着青年。

青年似乎被他吓到了，半晌才点点头做回应。他哪儿敢说,他还是不会写。

中年人看他仍是欲言又止,没头没尾地答了一声。"车间主任。"

"你是纺织工人,我是车间主任。知道了吗?"

"知道了。"青年人点头。

中年人满意地走开了,重新拿起了他的折扇。青年人坐在桌边和那张白纸对视着,时间被叶尖的一滴晨露暂停。中年人终于用一只手打开了那柄折扇,扑棱棱地一阵响。然而开了一半,限于技术没法连贯,最后不胜其烦地用胳膊夹住怀里那个东西,以一种奇怪的姿势双手拉开了扇子。青年人耐不住性子,一旦好奇便会抬起头。

"你——车间主任?"青年改口。

中年人抬眼看着他。

"你的扇子为什么是空的?"

中年人又有些不高兴了,他低头看了看自己的扇子,然后盯着扇面回答青年。"你错了。"

青年待要再问,中年人突然把怀里那个捂了好一会儿的东西拿了出来,塞到青年怀里。

青年下意识低头看了看自己怀里温热的物体,中年人雨转晴地扇着扇子,明明还撇着嘴角,看上去却心情很好。

"热水袋。"

他的怀里暖和极了,即使现在其实已经是不再需要热水袋的暖春。

"喂,我就不用热水袋了——"青年拿起热水袋想还给中年人,却被中年人打断了。

"热水袋。"他低了低头,从肩膀上抽下来一个热水袋,夸张高耸的肩膀立刻耷下来,又一个热水袋被递到青年人的怀里。

中年人顿了顿,最终也还是没舍得合上好不容易打开的扇子,空白扇面的折扇就这么直接被摊放在了一旁,他又向里屋走,大概是要给自己也再灌一个热水袋。青年回头看了看那个男人,他看上去不再驼得那么厉害,但是也不再那么威严,就像是一个真正的童话镇上好客的镇长。

青年怀里的两个热水袋被中年人捂得始终温暖,又不很烫,就像是春日草地上的阳光从野营帐篷的顶端透进来,又被一股春风凉凉地卷走,留下一次柔软的深呼吸。

中年人一直站在离青年不远不近的地方,闲了一会儿转身又拿起那把扇子,似乎是因为热,一直向自己扇着风。又似乎是因为冷,所以才总是离不开热水袋。

青年发着呆,思绪顺着爬山虎的藤蔓去了屋顶遥望繁春,就这样和中年人一言不发地沉默着。

很久以后中年人才换了个舒适一点的站姿,青年忍不住看着他。

"车间主任,你为什么一直站着?"

中年人闻言把刚侧过去的身子又转向青年。"我坐不住五秒钟,五秒钟。"

青年不知道怎么接话,只好又低下头,继续对着稿纸愣神。

不过这次没能愣多久，因为中年人又突然发话了，声音低沉又轻飘飘，就像是忽然间入了往事的梦。"我以前能连着坐十七个小时。"

青年有些惊讶，但他只是复述。"十七个小时……"

然后两人再次陷入了寂静。这会儿青年发的呆没有去屋顶，他只是毫无章法地回想着这个童话镇的一切：扇子，热水袋，中年人……

坐十七个小时，是像自己一样，坐在这张桌前写童话吗？

"车间主任，你会写童话吗？"

中年人无声地叹了口气，然后退后两步倚在身后空荡荡的橱柜上，因为已经站了太久太久。他甚至看起来整个人都有点无处安放，最后又伸手将了将胡子。

"纺织工人，你要相信：这里是童话镇，这里有童话。"

青年拿着笔的手轻轻颤动了一下。他终于在那张稿纸的第一行落笔。中年人低头看他写完一行字，然后又抬起头顿了顿，看着他。中年人紧绷的嘴角松了松，那一刹那青年甚至能看见他在笑。

嘿，纺织工人，欢迎来到童话镇。

（本文发表于《中学生》2020年第7期"文学新星"专栏）

※ *Author's Notes*

这可能是一个单看比较荒诞的故事。乍一看不知所云，细细读仍然不知所云。

其实这是一个有关焦虑的中年人的故事。热水袋与折扇,一热一凉,借以喻指中年人莫名的焦虑与矛盾。曾经能安坐十七个小时的中年人,如今坐不住五秒,却将自己未竟的梦想寄托在青年人身上,这是否与每一个夜晚每一扇窗前望子成龙的家长有几分相像?

　　青年人最终还是接受了车间主任的安排,开始编写纺织工人的童话。

蜗　牛

一片叶子可以有多少种颜色？

从赤诚的红到火热的橙，从秋天跳跃而有片刻厚重纯白的冬，紧接着烈色就被调剂成淡雅的春。一晃而过有如春日落叶的香樟树的黄，即由青及绿步入凉夏。

最稀薄的是黑色，最稠密的是白色。缤纷诞生于黑与白之间。

蜗牛攀爬过枝蔓，窗台的左上方被虫蛀出一个口。时光被无限生长着的爬山虎牵住脚步，女孩在窗前。

她很久很久没有关上过这扇窗了。她能感受到有风掀起一缕她的头发。风是什么颜色的呢，她再也想不起来。因为她失明了，在藤蔓开始生长以前。

那时候的橱柜里满满当当，放着各种绘画奖项的奖状和奖杯。她明亮的双眼承载她的梦想，那是一条无比缤纷的道路。

她又用指尖试试颜料厚薄,才提起画笔。油画架上的画布很安宁,她只要伸伸手就会碰到。她画了一条花藤,藤上不齐整地生着还未上色的叶子。

她摸了摸颜料管上刻着的盲文,挑出红色颜料调了个满意的颜色。指尖凝固着一些混在一起的色彩,女孩把那些颜料拭去又蘸蘸新调出来的色,随即微微皱眉,又加了些许白。

笔尖游走于画布,她能感受到画笔在微粗糙布面上的摩擦。色彩在向前延伸。

她也曾以为自己会失去一切。花藤,阳光,小白窗和梦想。于是橱柜被清空,所有曾用努力换得的荣誉被废弃。就像本来最晴朗的一片叶子莫名脱落,入土无踪。

那是一段至暗的生活。即便她永久地失去了光明,世界也没有毁灭。墙面的摆钟信步闲游,鸟儿满心只有筑巢的树枝,蜗牛隐居于爱丽丝的宫殿,藤蔓客气地慢慢从白窗向屋里生长,要去做客。

最后女孩也没有像她曾经想做的那样用一场火去祭奠她的梦想,以曾经的画作为祭品,作为燃料。因为她早已离不开画画,因为即使满眼寂寥的黑她也看得见那个悬停的梦想。

世界上是有盲人画家的。

他们都和小女孩一样,最开始的时候打翻了无数的水与颜料,把色彩调得混浊黯淡。后来衣服上沾的颜色不再那么四不像,一直到她终于认得那些颜色曾经的模样。

女孩重新拿起画笔的过程很漫长,像想要爬向叶尖的那只蜗牛。小白窗周围的那些植物间隐匿着许多生命,或许不止一只蜗牛曾在此安家。所以那只蜗牛就好像一直都在那里,陪伴着花藤悠悠生长。

有目标地做着自己喜欢的事,时间就一定会快。即便那只鸟从寻觅一片适合安家的枝杈到筑巢安家直至大功告成,也不过刹那。

特殊材质的橡胶板用来感受指尖绘下的每一根线条,而特殊材质的颜料使得每种颜色都具有不同的质感——最稠密的是白色,最稀薄的是黑色。

而眼睛对于画家来说也不过是用来做这两件事。

她看得见的,她的眼眸雪亮,满载梦想。她把一幅曾经的画作挂在屋里的墙上,尘封了一种自己,开始另一种。

她左耳满是花语和叶的呢喃,右肩有一场梦在笑。她要画下她曾经看见或从未目睹的这个世界,她再也不会失去光明,她看到了比她失明前一切所见过的色彩还要丰富的颜色。

手中画笔的笔杆色泽驳杂,她听见风的颜色撩起她的发。所以她抬眼去看黑暗中那片绚烂的叶:从赤诚的红到火热的橙,从秋天跳跃而有片刻厚重纯白的冬,紧接着烈色就被调剂成淡雅的春。一晃而过有如春日落叶的香樟树的黄,即由青及绿步入凉夏……缤纷诞生于黑与白之间。

音乐里有七个音符,组合起来则成灿烂旋律。一叶可以不止七色。

女孩的花藤逐渐蔓延了整个画布,她擦了擦因试色而沾染的满手颜料,转身趴在窗前。

　　蜗牛带着浅浅黏液痕迹在叶片上缓缓拖移,一直到叶尖。它看着女孩和她那缤纷漫溢的画作,看到的是一个崭新却又原原本本的世界:花藤在小白窗边蔓延,只一片叶便吟出春秋冬夏。

　　而叶尖有一个橘红色的旋涡,那是一只蜗牛。

　　(本文获第九届"韬奋杯"全国中小学生创意作文大赛二等奖)

　　※ *Author's Notes*

　　这是一幅杂志的封面画。我观察了很久,在藤蔓中发现了一只隐藏的蜗牛,能爬到那么高的叶尖上,它一定付出了漫长的努力吧。即使微小如一只蜗牛,也可以有自己的梦想。

　　画面中央那个窗边的小姑娘,为什么她的眼神有些飘忽迷离?她的梦想是什么?房间里若隐若现的书柜以及墙壁上挂着的画作,都曾经历过怎样的故事?花藤,阳光,七色叶,小白窗,梦想……一个失明的小姑娘重拾画画梦想的故事线渐渐清晰。我迫不及待地提起笔,仿佛这一切都曾真实发生过,我能做的只是记录下来。

　　在这篇短短的习作里,我也织进了我的梦想。

第二辑　消失的地中海

　　我像是捧了块挺烫手的新出炉的香喷喷的红薯，急切地和自己许下诺言：

　　去地中海看看吧，在它消失之前。

消失的地中海

"所有过往都将消失于时间，如同泪水消失在雨中。"

——题记

1

我倚在后靠背上，感受到车身发动的微颤和开始前行的倾斜，旋即伴随风声进入睡眠。

我总是能在妈妈的车子到达学校前最后一个十字路口时醒来——今天不过是个意外：我早醒了一小段路。

秋冬交替的季节，很少会有晴空万里艳阳高照，其实连秋雨潇潇的万物潮湿也不多。大多数的天气，都是阴晴不定的雾或霾。人行道上是三五成群的背着书包的孩子。但是他们很悠闲，我很匆忙。作为实验班的学生，我们到校时间比其他班级提早了半小时。

车窗上有干涸的雨露留下的痕。它在外面，我在里面。困倦仍然包围着我，耳鸣声和远处车子的鸣笛混杂在了一起,又模模糊糊地排列成半梦半醒时不清晰的旋律。车窗外的布景在一处红灯时停滞不前,旁边停下的公交车靠窗座位恰好坐着我们班级乃至学校当之无愧的学霸宋清北。他手上捧着厚厚的新概念,耳朵里塞着白色的耳机,嘴里念念有词。我从口袋里掏出手表,距离我们班的迟到时间,还有三分钟。

我是实验班的垫底生。在这里,原先任何轻微的优越感都会毫无残留地遭到碾轧,任何学习以外的呼吸都是一种罪孽。第一次排名考试在最擅长的语文上丢下大分的我,沦为了时刻都要小心变成倒数第一的悲剧人物:末位淘汰将同学们变成了暗中较劲的对手。学校是战场,分数是兵器,排名是不可回头的命。

里尔克说过,一个个的人在世上,好似园里的那些并排着的树。枝枝叶叶也许有些呼应吧,盘结在地下摄取营养的根却各不相干,又沉静,又孤单。或许这个班便是一个这样的园子。

即使内心压抑,我仍然是这个班看起来活得最潇洒的人:能在一叠试卷下藏一本《布宜诺斯艾利斯激情》——因为博尔赫斯的诗选总是很薄。在某些片刻,我能看到像宋清北那样的真正学霸的羡慕眼光。逐渐从透明到消失的、悬崖边沿的欲望,于自发或他发的压迫后,已经肉眼可见地走向支离。

可是,这个年纪的孩子啊,谁不想着自由潇洒。

2

老师讲的课在脑海里变成一大片无意义的乱码,直到再也无法辨析任何一个字音的意义。——我的"上课",只要没有当场睡着,就是最大的成功了。

在这个班,每个学生都已经自主预习并跟着课外辅导班提前上过了一遍,老师一节课四十分钟下来,很少能讲出一个同学在各种校外培训班里没有听到过的重点。

嗡。

一阵又一阵的耳鸣。眼皮越来越重,我知道我快要睡着了。

晃晃脑袋、转移注意力、使劲揉搓眼睛、用指甲嵌进另一只手的肉里,什么用都没有。

像是站在远处的企鹅,眼睁睁地看着一座冰山缓缓消融,意识愈发模糊。

彻底睡着前,还不忘把头冲着课本,用笔抵着额;另一只手拉住右手手肘,组成一个牢固的三角形支架。

只有这种时候才能回忆起来早上半梦半醒时的旋律,毫无例外仍然是那首开学前班里同学们自发组织的班歌《Something Just Like This》。因为在那之后,我们都再没有听到过第二支完整的曲子。旋律的消失并不完全是外来压力所致,而是对这种放松形式的遗忘。它不再是一种放松,而是对于宝贵的学习时间的浪费。

早上的第一节课,大家都在等着下课——当然不是要出去玩,这个班的下课比上课还要安静。连老师都已经清楚,在他拖堂许久终于道出"下课"的第二秒，就会有同学追上来问：

"老师，今天作业是什么？"

随后大家就会开始赶作业，整个课间和第二节课。

我更想拥有几个替身：不会累、不会痛苦的替身。如果他们能帮我处理学校的烦琐的一切，或许我就能抽身去看看久违的世界。

嗯，一个上课，一个写作业，一个刷卷子……谁能数清有几个呢。

3

晚上自习课我们比别的班早一个小时开始——十五分钟吃完饭回到教室。外面走廊还在闹哄哄，有时依稀听见鬼哭狼嚎的"今天作业怎么这么多"时，我甚至会莫名其妙地自豪：哼，我比你多三倍。

晚自习很长，我们还比别的班晚一个小时回家。而其中的这段时间，当然不是用来应付三倍的作业——大部分同学都在晚自习开始的半个小时内就完成了。

剩下的时间，必然不是用来玩。

也不是看书。

也不是睡觉。

还有更多自家通过各种渠道得来的试题集，在等着他们的挑战。

做题，自己批改，订正，记录错题。

做题，自己批改，订正，记录错题……

让人难以呼吸的、单一又无味的生活,每天都在延续着。

我有时也能感受到周边其他人的压抑。

小组式的座位利于观察。我斜对面的同学明明长着一副捣蛋鬼的样子,却偏偏失去了其本性。只是在极度压抑时,便会把周边一圈人的笔袋偷到自己抽屉,看着别人茫然之态得到短暂的快乐。正对面的则显得老实些,而在大脑空白时,就会把长长的自动铅笔芯插进中性笔笔芯里,把油墨混在一起。

压抑用他们的话说,叫作"烦"。

什么都烦。什么都没劲。什么都没意义。

谁都不是特例。

有时候我会盯着自己的手表。电子手表小时和分钟之间的两个点闪了又闪,而在我注视30秒过后,屏幕就会休眠。

我喜欢那种像是能够精准掌控时间的安全感,即使不过是错觉。自欺欺人又怎样呢,至少在那样的片刻,某些随时间之流而消逝的事物会仿若归来。

压抑感无比温柔,像溺海的无助。深蓝色的柔和笼罩着我,不能呼吸,冰凉无比。越来越深,越来越沉,即使睁开眼睛也再看不到尽头。像带着电流的抚摸,在刺痛的安慰中意识都无法消散。

最终都是布满全身的一腔恼火,闷得心脏的跳动声都被无限放大。

我开始觉得他们形容得很形象:烦。

可是有些真正的学霸，一年到头都让人没法捕捉到一丝"烦"的情绪——或许就连这种天性，都已消失了吧。

4

每天三点一线的生活，除了家和教室，唯一去处就是食堂。我们班永远是第一个整好队去吃饭的——节省班级之间排队的时间，以便在十五分钟内回到教室开始自习。领队穿着扎眼的亮蓝色领队背心，上面大大的白色粗体字写着"七(11)班"，于其他班背心只是一个标志，只有这件印着11班的像是战袍——整个年级，都会因为这个数字战栗。

作为全年级唯一名为实验班的唯一重点班，我们却挂着11班的牌号，或是一种欲盖弥彰。而这个班级的表现也已经足够证明，即使编号排在末尾，也可以令人闻风丧胆——我曾在校内报出自己的班级时引起一片倒吸的冷气。由于食堂的座位就在打饭长队旁边，常能听到其他班孩子有生命力的声音。我记得他们曾笑着、勾肩搭背地互怼：你这么牛，你怎么不去11班啊。——这里是11班，这里是学习的黑色狂欢盛宴，是知识的华贵繁荣殿堂，是成绩造就的尸骸贮存地。

食堂有着看起来干净又整洁的桌椅，环墙一周的落地窗下角却层积着令人反胃的密密麻麻的死蜜蜂。而利用这十五分钟吃饭时间同时背单词的同班同学们，始终没有一个人曾发现它们：观察力早被试卷扼杀在角落，就连遗体都已经荡然无存。每次在排队打饭时都能抬头看见灰败天花板一角的蛛网，那上面有辛勤却自大的八脚蜘蛛的影子。织网是它们的生活,织好网就是它们的一切;而被织上网的视角中包含的一切,在它们心中已被反反复复地占为己有。

我专注于聆听时间的声音。每个晚上不定时开放的牛奶供应窗口,我每次都能精准估计到它开放的时间。

不过似乎还有一些人具有相同的甚至更具有预知性的能力:每次我到达窗口时,都已有人排在我前面。

在聆听时间的声音时,平凡的我似乎有那么一点点不平凡。在排队等候的时间里虚构着关于时间与不再消失的想象——即使它们并不存在,即使它们都仅限于我那狭隘又渺小的幻想之中。

我就像个盲目的信徒,在信仰中才得以窥见天光。

5

在来到这个班之前,我曾有充裕的时间在我那文质彬彬的爸爸的大排书柜里随意翻看。而这些不经意间所得的记忆,则在上课走神时常被忆起。

黄仁宇梳理中国历史的时间长河时,称秦汉为"第一帝国",隋唐宋为"第二帝国",明清为"第三帝国","第二帝国带扩张性,第三帝国则带收敛性"。我有时会想,以一个人的教育成长经历相类比,小学阶段是"第一帝国",具有外向的特征,想交朋友,对一些新奇的事物感兴趣;进入中学,大约越是临近中考,越是进入了"转变的阶段",逐渐会由外向转为内向。本该作为"第二帝国"的初中,却过早地演化成了"第三帝国",被迫走向收敛和封闭的我们……

可是,还是有什么已经在压抑的深海中流逝了:在时间里消失的过往。像是从前相信的永恒的友情,在匆忙紧迫的时间里选择了最残酷的死法:渐行渐远。

我从前是个非常善于交友的开朗的人,而我从前的挚友——例如乔予,也是十分善于交友的人。以至于当乔予早早地有了她新的"挚友"以后,半开玩笑半带疑惑地来问我:"你的新朋友呢?"

我只能自嘲笑笑,坦白我也不知道怎么和一群以试卷为挚友的人做朋友。

九年制学校中途的小升初换班能带给人泛滥的奢望——惦念着永恒的友情,惦念着从前的誓言。而当乔予真的再次出现、放下她的新生活想再次和我一起走过放学回家的路时,我也只得用纯粹的浓郁的消失的感情回敬:不了,你会发现当你们都离学校而去之后,11班的教室仍然灯火通明。

6

11班的压抑,会在每天晚饭到晚自习之间大约五分钟的片刻得到释放:这时有一场灯的狂欢。教室前门口的四个大灯开关会被全部关闭,教室就会陷入完全的黑暗。只有窗口透进来的月光照着模糊的人影,只要不发出声音,谁也不知道谁是谁。

开始的时候外班会有人站在门口跃跃欲试——这些旧友总爱串班玩,而11班是他们唯一不敢逾越的领地。只有在此刻,才会有壮着胆子的活跃分子嗷嗷乱叫着跨进那扇龙门,顷刻之内又跳出来。

这和"不到长城非好汉"大约是一个道理,只要有胆儿越过这扇门,就是考神附体好运相随。这事儿乔予开始的时候也干过,我就杵在门边,笑着闹着把她推进去,看她慌乱地又跑出来。

——要立刻跑出来是因为被看见的风险太大了。宋清北总是觉得这个幼稚的举动会打扰到他学习,一有人关灯就气冲冲地跑去再开起来。

其实宋清北不是一个死板到底的人——虽然我曾经也这么断定过。不过有一段时间我们同过桌,他还会时不时转过头和我有一搭没一搭地闲聊两句——他并不是一个健谈的人,我也并不明白怎么和一个学霸聊天,所以这个尴尬的举动只延续了几天就无疾而终。

我感受得到一个孤独的学霸的惶恐,没有消失的恐惧促使他在任何缝隙品尝到孤身一人的寂寥,可这就是他选择的路。

今天不知道谁起了个头,这场狂欢不再只是一场狂欢。门口仍然有外班人进进出出地闹腾,只是坐在门边习惯性频繁带着期许回头的我,却再也没看到乔予她们的身影——她们再没来找过我了。11班的全体成员开始在关灯后的黑暗中,无伴奏清唱我们最后的旋律《Something Just Like This》:

I've been reading books of old 我曾饱览古老的书籍

The legends and the myths 那些传说与神话

Achilles and his gold 阿喀琉斯和他的战利品

Hercules and his gifts 大力神与他的天赋

Spiderman's control 蜘蛛侠的控制力

And Batman with his fists 和蝙蝠侠的铁拳

And clearly I don't see myself upon that list 显而易见
我未能名列其中

或许还有什么，没有完全消失吧。自由又潇洒的旋律能够使人放松和愉悦，有那样的瞬间想要将一切都弃之不顾。有时候我也会觉得，我是真能把时间永远定格在这一刻的——不然后来的它又为什么会反反复复永无止境地在每一个平凡的日子出现呢。

I'm not looking for somebody 我并不渴求

With some superhuman gifts 那些超人类的天赋

Some superhero 那种超级英雄

Some fairytale bliss 那些童话般的天赐之福

Just something I can turn to 只是一些我能力所能及的
事情

Somebody I can kiss 吻到我爱的人就好

I want something just like this 我想要的不过是这些

直到曲终，灯都没有被打开。而大家在久久的沉寂后回过了神，才发现依稀站在开关旁的那个人，正是踌躇着主动关了灯的宋清北。

黑暗中的我们不再是竞争对手——此刻,我们枝叶相连。

7

在地理课上老师会告诉你地球由六大板块构成,会告诉你板块之间产生碰撞和挤压,会告诉你有人推算地中海可能因为这一点而从整个世界上消失。

而你会发现的是,终究掌控不了时间的自己,根本无力阻挡也无法挽回它的必将成为过往。

趁着老师还没说出那句"我们都是太平凡的人,见证不到这个缓慢而持久的——将在几千万年后发生的事件",我像是捧了块挺烫手的新出炉的香喷喷的红薯,急切地和自己许下诺言:

"去地中海看看吧,在它消失之前。"

(本文发表于上海《少年文艺》2020年第6期"新星烁"专栏)

※ *Author's Notes*

在小说《消失的地中海》中,我试图去描摹一个这样的群体:一群身处实验班的少年。他们或许过着比我们更加压抑疲累的生活,希望透过这些文字,我们能够看清他们那些即将或已经消失的期许或向往。

这是平凡的一天。从早上起床的急促闹铃开始,到晚自习的旋律结束的平凡的一天。这样的一天,在无数个"我"的身上反反复复地发生着。

　　"我"是一个平凡的"我"。一个被实验班的出现推入深海的"我"——实验班的创建在被允许的这段时间里,逐渐成了一种现象。而这个现象,造就了无数个压抑的"我"。在旁人眼里的考神和机器——不可触碰的彼岸。

　　但是这些孩子又何尝不是孩子呢。他们配拥有一个孩子的想象力,一个孩子的童真和自由。故事中的"我"持续不断地诉说她对时间的敏感,因为在聆听时间的声音时,她拥有想象的自由。

　　——而文中出现的班歌《Something Just Like This》,也提到了各种各样的想象。这首歌自由轻松的旋律是他们减压的最佳选项。因此每天晚上当他们在黑暗中哼起这首歌时,他们是一个团结而完整的班,他们能看见快乐的微光。

　　缓缓消失的并非只有地中海,还有欲望、向往、放松、情绪、观察力乃至友谊。它们的消失甚至比地中海要快得多。

　　"去地中海看看吧,在它消失之前。"

　　应该在消失前被珍惜的,又何止地中海呢。

银牌搭档

"拿不到金牌的搭档也是好搭档。"

1

郭欣儿是五年级中途转来大学城实验学校的。

她刚转来的第一天,整一个俏生生的羞涩丫头。班主任佟老师拉着她走上讲台让做个自我介绍,她支支吾吾了好几分钟也没说出什么。那时候正是秋冬交替的季节,郭欣儿穿着白色的高领毛衣,于是随着时间的流逝,尽其所能地把大半张脸都缩进了衣领里。最后在佟老师的多次鼓励下,她被迫用细微的声音呢喃了一句:"大家好,我是郭欣儿。"

佟老师用眼神给她打气示意继续讲下去,良久无果,直到眼睛都快瞪干了才忍不住问了一句:"……没啦?"

郭欣儿几乎是在佟老师刚刚开口的瞬间就应激性地点了点头。

张糖糖平日里也是个内敛的乖乖女,关键时候会怯场、一紧张就结巴。此时看到比自己还紧张的"同类",心里突然就不知从哪里来了几分惺惺相惜的好感。

那会儿班上流行能打电话的智能手表。坐得不远的张糖糖一眼发现——那个转学来的女孩也有同品牌的电话手表。根据平台规定,同品牌可以交友,还可以攒积分。于是她和有同款手表的姚大乔交换了个眼神,随后不约而同像是狩猎般志在必得地勾起嘴角。

等到第一节课下课,这俩一拥而上,可把羞涩丫头吓得不轻。

总之,当班主任佟老师发现姚大乔和张糖糖对郭欣儿有一种格外明显的兴趣时,就把带领新同学熟悉校园的任务交给她们了。

这一路倒是热闹,姚大乔负责正经讲解,张糖糖负责正经吐槽。

姚大乔:"这里就是食堂,一共两层,我们在一楼吃饭。"

张糖糖:"饭菜里蛋白质丰富,来源是昆虫以及不明生物。菜有好吃的有难吃的,难吃的比较多,好吃的比如芙蓉虾(一种炸虾),上次吃到是一年多之前,每人限两只,大小不均,先到先得。"郭欣儿不知道应该做出什么态度,只是仍然把半张脸都缩在毛衣里,迟疑地点点头。

她这一点头,张糖糖就乐了,默认她是在赞同自己,越吐槽越精彩,简直让人怀疑若是被老师听到,她会不会直接被请回家去变成全职吐槽。

负责关照新同学新生活的只需要一个人。而偏偏佟老师就把这么个好事分配给了姚大乔,张糖糖对此万分不满。

不过毕竟郭欣儿是郭欣儿,想让什么人照看还是得听她的意见——翻译成张糖糖的话来说,她还有希望。

比如说,郭欣儿是个路痴。在吃完饭准备回教室的时候,成功带着迷茫溜达到有小径相通的六艺楼去了。于是午自习课已经开始,张糖糖的电话手表收到了来电。她万分意外地看着这条来电显示,迅速接起了电话。

张糖糖:"喂?郭欣儿……"

郭欣儿:"张糖糖,我吃完饭迷路了……"

张糖糖来不及思考为什么她吃个饭也能迷路,总之正在窃喜郭欣儿终究是落到了自己手里,当即向老师汇报要去找郭欣儿的事情。

佟老师正在批作业,头也不抬、手上动作仍然行云流水,风轻云淡地回了一句:"你告诉姚大乔让她找郭欣儿去。"

张糖糖当场一僵:"……喔。"

简直天打五雷轰。太惨了。

于是最终迷路的郭欣儿还是被姚大乔找回来的。

然而伤心欲绝的张糖糖也并未因此死心,此后仍然执着地不时抢抢姚大乔的活。那边姚大乔天生人缘好,朋友多得照顾不过来,很快就对郭欣儿失去了关照的热情。

郭欣儿来了没几天,就被五班一群好事闲人把底翻了个遍。郭欣儿除了路痴还怕虫。某男生拍死一只螳螂后,举着那只栩栩如生的螳螂,如愿以偿地看着郭欣儿被吓到叫不出来,径直扑在了张糖糖身上,扑得张糖糖正在写字的手一抖,抖出一条长长的墨痕。

从此以后,郭欣儿常常"偶然"地遇到各种五花八门的昆虫。这一点成了班上一群男孩子的盛大乐趣。郭欣儿的声音有点嗲嗲的,而且N、L不分,拖得绵长细软,显得人非常好欺负,导致五班的男孩子乐此不疲地耍花招。

于是原本并不强大的张糖糖担当起了郭欣儿的贴身保镖。

2

张糖糖和郭欣儿这俩实际上是有很多相同点的。

比如说,在外人面前都极其地囧。

就是这样两个囧到底的人,互相壮着胆走到一起。

一个午后。

佟老师攥着手机,大约是刚刚收到通知,微有无奈般顿了顿走上讲台,拍了拍桌面示意大家安静。"学校下个月有个舞蹈比赛,谁愿意报名?"

整个教室在一如既往的吵闹中一如既往地突然安静。

"这真是体现本班团结一心精神的黄金片段啊!"佟老师想。

然后鬼使神差地,张糖糖心痒了。她倒是个经过层层考级认证的中国舞八级,然而永远是在人数不少于十人的团体表演中立于后排。她下意识撇过头,和郭欣儿交换了一下眼神,很意外地没有从那里看出不愿意。

于是她举起手——在佟老师欣慰又震惊的目光下。

张糖糖:"老师,我和郭欣儿可以。"

张糖糖这股莫名其妙的自信,从下课后得知郭欣儿的舞蹈功底只是在幼儿园阶段学过一点皮毛时开始崩塌。

幼儿园学的舞蹈？

这得过去多久了？

张糖糖满腹悔恨。然而晚了。本身就是半吊子的她必须在一个月之内教会这个大约半吊子都没有的女孩跳舞。

而在她看到郭欣儿彻底僵硬的舞步时，信心和残存的希望都荡然无存。

郭欣儿小心地问道："怎么样？"

张糖糖："……"

她很想问问这个世界，当面对一个内向小女孩小心翼翼的期许和实在无法称赞的实际水准时，正常人应该怎么做。

郭欣儿半天没能等到纠结的张糖糖的回应："……"

郭欣儿也没底了。

怎么办呢？怎么办呢？

对于张糖糖来说，这可是她人生中第一次即将登上学校的超级大舞台……她必须保证，每一个动作都万无一失完美无缺，否则她绝对不会再有第二次登台的机会。

永远。

张糖糖这么想着，和只字未动的空白作业本干瞪眼。她承认这话说得有些过分惊悚，但是她估计的确不会再有第二次登台的勇气——何况自己的搭档也是个同样羞涩的女孩……这损失的可不只是她一个人的前途啊。

怎么办呢？

直到自习课的下课铃已经响起，她终于一敲笔，得出结论。

　　——既然动作这么僵硬,干脆跳木偶剧舞得了。张糖糖为自己的聪明才智得意了一晚上。

　　第二天,放学铃声响起的瞬间,教学楼一片里应外合的欢呼。张糖糖趁乱跑到郭欣儿旁边,拍拍她肩膀:"从今天开始每天放学留下来练练?"郭欣儿点头。

　　看到放学因为家长没来接或是作业没订正的大群游手好闲人士,张糖糖开始怀疑自己的决策是否合理了。教室里灯火通明,走廊上来来往往的有老师有同学,郭欣儿一见人就死活不肯开始跳,杵在原地不敢动弹。

　　张糖糖叹声:"那,一起去找个安静点的角落吧?"

　　教学楼的顶层是四楼,不过四楼楼梯口再往上通达一个小小的阁楼,阁楼没有门,若是上下楼梯大约还是可以影影绰绰地看见两人的身影——当然,张糖糖不会特意把这些告诉郭欣儿。毫不知情的郭欣儿又点了点头,背上书包随着张糖糖上去了。

　　阁楼上是积得厚厚的灰,白色的墙灰和第一眼的直观的破败。但是向往安静的糖欣二人一点也不觉得这里有什么不好。张糖糖随意地拿手掸了掸靠楼道的一把坏椅子面上的粉尘,把平板立着放在上面,然后打开提前下载的舞蹈视频,迅速在前奏中跑到另一头和郭欣儿站好位置摆好开场造型。

　　张糖糖:"转身,抬左手,头,这边,往后……"

　　郭欣儿跟着张糖糖那脑回路清奇的提词,勉勉强强磕磕绊绊跳了下去。身着校服的两个女孩的影子以及微小而清晰的旋律,伴着孤寂冷清的阁楼度过了漫长又充实的一个月。这个小小的四处漏风的阁楼渐渐成了糖欣二人独家的回忆和秘密基地。

临近表演了。可是很多模拟木偶胳膊落下之类的松散动作,郭欣儿还是没能做好。张糖糖焦头烂额地对比着视频里的标准舞姿和郭欣儿的动作,听到这个舞蹈的音乐就已经下意识地想吐了。

张糖糖:"后面都不重要,开场必须好啊。这里上场的手,你五指绷紧一点,不然就成鸡爪啦……对! 一二三四五六七八,这里七八利索一点!"她比画了一个第七拍的动作,"这里手势都要表现得僵硬迟钝,然后第八拍就是松线……"她很快地把手上的力气抽掉,让胳膊肘以下的部分瞬间松弛,甚至还有惯性的摇晃,"这样。你试试啊,七——八!"

郭欣儿照做,但是没能表达出那种松弛。

张糖糖:"没事,继续。最后就是有一个惯性的移动,你不要直接刹车了。七——八!"

……

一整个晚上,她俩只成功纠正了四个错误动作。

照这个进度下去,她俩的演出要砸。张糖糖在心中敲响警钟。于是她再次动用她的脑洞,开创了一个新玩法。

演出当天。两人画了靓丽如鬼魅的舞台妆,彼此看见都忍不住发笑。但是真笑也就那么一下,到了幕后的候场时间,谁也笑不出来。

银牌搭档

郭欣儿怯场。虽说夸张的亮蓝色木偶剧演出服并没有高高的衣领,她还是把头压得低低的。为了舞台效果,反正度数也不高的郭欣儿早已把眼镜摘下,张糖糖很新奇地看着没戴眼镜的郭欣儿,努力忽视被描得太夸张的眉毛。张糖糖也是个怯场的主儿,但是不太好意思在这个比自己还怯场的女孩旁边怯场,深吸了一口气。

张糖糖:"郭欣儿——振奋点啊。有什么好怕的,这里还没阁楼阴森呢,其实最开始我到阁楼那个才叫怕……"

郭欣儿害怕得已经有些胡言乱语:"……我觉得这个大舞台是只大虫子,会把我吃掉。"

张糖糖:"怎么会呢,再怎么看也是我比较高比较漂亮跳得比较好看,就算它是一只大虫子也会先吃我的。"张糖糖认为,反正也没救了还不如趁机自夸一通调适心情,她俩要是都怯场得不成样子那才是真正的完蛋了。

郭欣儿:"嗯……"

她点了点头,从自己装眼镜和水的帆布包里拿了什么攥在手心:"张糖糖……"

张糖糖不明所以:"嗯?"

郭欣儿摊开手心,那里躺着两颗小小的牛奶糖:"你……吃糖吗?"

张糖糖失笑,指了指自己被鲜艳口红霸占的嘴:"跳完了再吃吧。我超级喜欢牛奶糖。"

张糖糖心情大好地点点头,郭欣儿简直就是自己的一服良药。

别人家的舞蹈都是直接开场,偏偏张糖糖又耍了个花招。

当穿着比糖欣二人还鲜艳的主持人开始报幕时,红丝绒般幕帘后的两个女孩屏住了呼吸。

"接下来的节目是木偶剧舞蹈《放轻松》,表演者是五〇五班的郭欣儿、张糖糖。"

没人出场。

片刻,舞台幕后响起了郭欣儿呢喃般的声音——被话筒无限放大的郭欣儿的呢喃声。

郭欣儿:"唉! 这次考试考砸了……"

张糖糖:"只要再努力一点,下次一定可以考好的! 明天就是周末了,放轻松吧。"

郭欣儿:"周末有好多作业呢! 还要去上奥数课、英语课、作文课……"

张糖糖:"放轻松,让我们一起跳个舞吧。"

郭欣儿:"不行,我不会跳舞。"

张糖糖:"没关系,只要放轻松,每个人都会跳舞!"

这是郭欣儿和张糖糖在幕后现场强行抢主持人话筒进行的配音对白。

随后音乐响起,两人就跟着前奏蹦蹦跳跳地出来了。

——既然郭欣儿跳得僵硬,又比张糖糖慢一拍,不如直接加个剧情。这就是当时张糖糖第二个创意的结果。

顺理成章。甚至会有人认为这是故意的设计。

张糖糖:"不愧是我。"

于是她们成功挤掉那些比她们跳得好得多的舞蹈,拿下二等奖中的最后一名。

张糖糖一直觉得,如果评委老师打分能改成同学投票,她们就有希望冲一等奖。

——这就是郭欣儿和张糖糖在六艺楼大舞台合作的第一次演出。

在此之后,她俩就成了一对金牌搭档,经常一起参加活动。

3

临近毕业,大学城实验学校组织了一次小学生毕业论文写作与答辩比赛。这也是学校第一次组织这样的活动。

——毕竟,这群孩子的家长八成以上都是大学老师,所以大多数孩子对"论文"这个词并不陌生。

不知道为什么,张糖糖对这篇论文有些异于平常的重视。她和郭欣儿带着一群闺蜜组了个队。大概是想将参加这个活动的奖项及过程都作为毕业礼物送给身边一路走来相互壮胆的朋友吧——临近毕业,什么都在倒数,一个又一个的"最后一次"接踵而至。

所以张糖糖直接放话:"听说每个班有两个优秀论文组可以去六艺楼参加优秀论文答辩,而我就是奔着那个大舞台去的。"

张糖糖平时表面上佛系得不像话,但内心其实不是那么无欲无求的人。在某些毫无关联的事情上,她会突然十分用心和上进。

比如说这次论文答辩,比如说上次舞蹈比赛。

张糖糖一脸严肃得好像她写过很多次论文一样。

"首先定一下选题。"一时间七嘴八舌。

是否要无条件听从父母的话。

长大后对职业的选择标准。

关于应试教育的利与弊。

下课时在走廊上为什么不能大吵大闹。

关于早恋。

同桌制度是否应该取消。

……

张糖糖觉得都不理想。

人群中郭欣儿的声音细悠悠地冒出来:"我们都喜欢汉服,能不能就写写汉服?"

漂亮!热门不老套。

只要再加上传统文化复兴主题,就足够正能量了。

于是张糖糖敲敲笔,把题目定为:试论汉服文化的流行与传播。

列好大纲之后,她们学着家长的模样,查文献,搜资料,还特意跑到西湖边做了一次小型调研,看看有多少年轻人在湖边穿着汉服摆pose。随后是没日没夜地撰写,愣是把只要求三千字的论文写成了八千字。

不仅仅是因为对这件事的积极,张糖糖似乎觉得,写论文挺有意思的。

光是这点感想就把身为大学教授终年为写论文劳心费

神的糖爸看得目瞪口呆了。

张糖糖和郭欣儿代表小组进行答辩汇报工作,也是全体组员强烈建议下的结果——她俩长期配合,更有效率。

这应该是张糖糖郭欣儿这对金牌搭档最后一次可能有机会一同登上六艺楼的大舞台了。

于是张糖糖再次点燃了她的第 N 个金点子,把自己和郭欣儿上次出去玩的时候买的同款汉服作为了答辩服装。

为了确保晋级,从班级赛答辩开始两人就穿了汉服到场,丝毫不嫌麻烦。

比起一年多前那两个穿着蓝色舞蹈演出服到处躲着不敢见人的小女孩,这次从班级选拔课前就穿着汉服在课间乱晃悠一直穿完一整节课完全忽视别人诡异目光的举动已经是成熟太多了。

——其实也并不是完全的成熟,只是"班级"这个舞台过小,这对金牌搭档一起登上过的次数太多,实在不怎么紧张。

结束之后,来参与评审的家长团开始宣布成绩。

"今天大家的表现都十分优异,出乎我们的意料,那么现在开始宣布大家的得分。"

"×××组,94分——"

"张糖糖组。"

第二个就是她们。张糖糖根本不需要听到自己全名,"张"的第一个音节出口就是一激灵。

"93分。"

因为刚刚听到那位家长说的是"表现都十分优异",93

分自然算不得什么好成绩,心中不免一凉。

……可能是好运气已经用完了,金牌搭档这次没能再得到上天的眷顾。

郭欣儿缓缓回头,和张糖糖看着自己的目光撞在一起。

张糖糖没由来地想起了一年多前舞蹈演出后的那颗牛奶糖。甜甜的味道始终使人眷恋,不过是有些化了,入口就粘牙。

那大概就是被郭欣儿攥在手心的温度吧。

评委组迟迟没有报出第三组的分数,似乎是因为后面的排序有什么差错要重新计算了,台上台下都是一片混乱的紧张。

张糖糖拍了拍郭欣儿以示安慰。"没事儿,明天我带牛奶糖给你吃啊。上不了就上不了,谁在乎!……"

"×××组,92分……"

然后她们几个才缓慢地在黯然神伤中反应过来。

这顺序是按分数报的!

她们是第二名!

也就是说——汉服选题顺利突围,要代表班级出征六艺楼大舞台。

4

整个小组互相嘚瑟了一个下午,轮流邀功;然后张糖糖和郭欣儿才忙不迭开始了背稿、修改 PPT、答辩演练的环节。

比赛日。

　　以防万一时间不够,她们又一次直接提前了一节课换上汉服。整整一节课下来都在暗爽数学老师欲言又止的诡异眼光——她绝对不敢让这俩穿汉服的回答问题。张糖糖是这样想的,于是干脆大胆背稿,放飞自我。

　　结果她们的数学老师果然就是不一样——

　　害得张糖糖差点穿着汉服被罚站一节课。

　　两人提着武侠风汉服长长的裙摆,走在通往六艺楼的小路上。张糖糖突然回眸,冲郭欣儿挤挤眼睛笑着。

　　"这次记得路了吗?"

　　郭欣儿想起之前数次迷路的经历,"噗"的一声笑了。

　　答辩现场干脆连个报幕串场的也没有,为了确保公平,上去汇报的人连名字都不给露一个。

　　虽然是有些扫兴,但是在一众校服里身着汉服的她俩还真是不怕评委认不出来。

　　她们是倒数第二个组。苦苦在台下候场区等了一个小时左右,才终于轮到她们上场去幕后准备。六艺楼大舞台必须从幕前侧边楼梯上去,张糖糖一直对这样的设计有些意见——坐在另一头的她们要横穿整个台前,在背后视线多得令人发毛的情况下走上台阶钻进幕帘。

　　毕竟可能是她俩最后一次合作,心里都不免有些沉重,即使历练多了并不是十分害怕也有着责任感压身。

　　然后,张糖糖在上侧边台阶的时候,直接踩到汉服的裙摆摔倒了。

　　郭欣儿当时就站在她后面,再次"噗"的一声笑了。

张糖糖硬压着僵硬的面部挤出体面的笑容便片刻不停连滚带爬钻进幕后。

然后在老师和其他组的注视下,这俩穿着汉服本身就十分瞩目的孩子笑得像疯子一样走到最里面,迟迟没有停下憋在嗓子里的笑声。

张糖糖虽然在笑,却是十分阴沉的假笑——佛系又不一定代表不要面子。在这些令人发毛的目光注视下这么摔上一跤,这辈子也丢不起一次。

不过这倒使瞬间气氛轻松了许多。笑着笑着,张糖糖的笑也变成莫名其妙觉得好笑而笑了。

郭欣儿不怯场,张糖糖也就有底气多了。

开场。两人缓步走上舞台。

汉服裙摆飘飘,是与众不同的气场。

两人先不语,齐齐将左手成拳,右手笔直覆盖在上,作了个揖。现场莫名之间陷入寂静。

张糖糖忍笑忍得很辛苦。这个场面加上自己和郭欣儿身上武侠风范的服饰,像是两个穿越到武林大会上挑事的。

两人又深深缓缓地鞠了个躬,才拿起话筒和翻页笔。

张糖糖顿了顿,眼神下意识望向台下六七百人的浩瀚场面,有同学、老师、评委、家长。那些人都在看着这两个汉服女孩,这组大方又利落的默契搭档。她吞了吞口水,把话筒对在嘴边距离适当的位置。

张糖糖:"刚才,我们给大家行了揖礼和躬礼。揖是作揖,躬是鞠躬。这些都是中国传统礼文化的一部分。"

郭欣儿偷偷将目光落在了张糖糖身上一瞬间,然后迅速眨了眨眼,找回了搭档训练出的大胆与无畏,带着笑容抑扬顿挫地讲解着。细细的女孩声色多了几分朗润的女侠气,给人很舒服的感觉。

郭欣儿:"礼的内涵极其深远,是汇聚了中华传统文化精髓的核心。而我们今天要说的汉服,也是传统文化的一种表现……"

一等奖的位置只有三名。张糖糖和郭欣儿的分数位列第四。

——二等奖第一名。

拿到奖状的郭欣儿和张糖糖相视而笑——还是二等奖。

这对"金牌搭档"简直是名副其实的"银牌搭档"。

不过比起当年的舞蹈比赛,也是一种进步吧。

公布完奖项,各自回班的路上,张糖糖还在满腹诗情画意感叹着毕业季的离别伤愁。然后耳朵里飘来一句郭欣儿笑得说不连贯的话:"唉,你刚刚上台摔倒的样子,跟狗似的。"

张糖糖:"……"

气氛没了。万里晴空下,有一个攥紧拳头的张糖糖,和善危险的目光伴随着白色中衣黑色外套红色丝带汉服的古典女侠模样,转回头来看向全校唯一的"同类"。

最后只是强硬地用手捂住她的嘴,让她传递不出自己刚刚发生的黑历史。

5

张糖糖和郭欣儿走在返程的路上。

身着瞩目的同款汉服,高高的个子令两人更加轻而易举地在蓝色校服的海洋里脱颖而出。她们完全忽视了那些目光,只是并肩走着,共攥着一张写着二等奖的橙黄色奖状,有时把它举过头顶,真心地大笑。

毕业是六月,初夏的季节。

太过浓郁的花都已经凋谢,树叶没能来得及长到苍天。

天气已经暖和下来,可是梅雨季还没有来,炎热也还没有来。

两人走过的波折台阶,能通行教师车辆的柏油马路,春天会落满樱花的石板小径,下雨时会掉色的、在阳光下仿佛闪着光的红色塑胶跑道,统汇成一条记忆深处的路,散发童真与青春交错的光。

——这条路一直延伸到粉色舞蹈鞋,到化妆用的夸张亮粉,到手中紧攥的微皱讲稿,到候场席,到使人绊倒的高台阶,到舞台,到颁奖老师的手,到奖状上金色的会反光的字样。

有彼此的地方就有了路。这条路能引领着两个怯场的小姑娘,并肩走上大舞台,成为彼此的良药,为彼此披荆斩棘。

到了六月,即使带着温度的风吹散了"银牌搭档"的日后之缘,也留下了这么一条带着温度的路。

或许多年以后,她们还能顺着这条设置了仅彼此可见的路径,回味这个从未结束的故事。

郭欣儿不知为何在空气里嗅到一丝甜甜的气息,突发奇想。

(本文发表于江苏《少年文艺》2020年第5期"锐一代"

银牌搭档

专栏)

追逐光与影的少年

※ *Author's Notes*

两个没有光环的怯场小姑娘,成了彼此的光。

她们在机缘巧合的转学中相识,在踌躇鼓起的勇气下相知。

世上有万千的好友、知音,在时间的齿轮里共同迈开脚步。当我们记住了彼此、我们的记忆里常有了彼此,我们就融入了彼此的生活。

"生活不是我们活过的日子,而是我们记住的日子,我们为了讲述而在记忆中重现的日子。"这是马尔克斯在他的自传《活着为了讲述》中说的。

的确是这样,活着和生活是不同的,只有那些经久而鲜活依旧的日子,才是生活。

面临着毕业、分离,结局已然不重要,不是因为她们都不再在乎这份来之不易的友谊,而是这份友谊将注定永恒珍藏在她们成长的记忆里,一如文中那条带着温度的小路。

我提笔将这则未完的故事讲述,以纪念一些在盘根错节中相遇的日子。

074

GF

六年，于当时的我们是再过一辈子的长度，是没有尽头的回廊。

——题记

1. 张桐桐

"什么什么什么？又发通知了？要放假了吗？咱们小学生终于被上天眷顾了吗？"

但凡是坐在后排的，在发通知这种下课时从前往后传的低效率信息传播过程中，都会提前找前排蹭个明白——前提当然是在前排得有朋友，不然贸然拜访就等同于扰民。

——不过，我张桐桐怎么可能连朋友都找不到呢？

"飞——飞？许飞！"

许飞还是没转过头——她周围已经站了几个人，大约是吵闹的环境让她没能听到我的声音，于是我也只好走到她那边去，搭着她肩膀扯过了通知单。

"唉？桐桐你也来了！看看看看……这个单词什么意思？"

"S——T——E——A——M——,STEAM？"

旁边围着的那几个也都是我的好闺蜜:乔烨、乔晔和陶欣儿。我们五个本来都要因为"海拔"太高必须坐在最后一排,而以体育特长生的身份进我们班的许飞由于成绩太差,被老师调到前排去开启了"特别关心"模式。也正是因此,许飞成了我们唯一的信息来源。

"STEAM"是什么？一群人只好开始查《英汉双语大词典》。然而得到的答案,也只有一个"蒸汽"。

后排集体发觉通知已经发送完毕,就渐渐都散回自己座位去了。

学校发下来的果然不是什么放假通知,而是一份关于初中以后的招生通知。

学校会开设一个名字叫作"STEAM"的实验班,让全六年级有意愿参加的同学提交报名表,经过审核表格信息、笔试、面试以后录取三十二名学生进入。下面附着关于这个班的说明。

"这 STEAM 到底是个什么东西？"我穷追不舍地问着——不放过任何一个凑热闹的机会是我的宗旨。

"别看了,相当于是个理科班。"总有见多识广的"理科生"能卖着关子给出答案。

……理科班？

自归属于文科生的我当场自动静音。毕竟,理科班和偏科的语文课代表可是完全没有关联。

分班、毕业、初中,这些在意识里还觉得很遥远的词汇总是在这种瞬间突然具有了警醒的意义——进入小学以后的第六个六月,我们这帮五个人的老友,将要面临分别了。可是九年制学校总是会带给人无意义的期许:升入初中,我们还有那么一点点的概率能再次同班,还有那么一点点的可能继续把友情维持下去。

五个朋友凑一块的团伙,没有名字自然不太像样。于是我发挥了文科生的特质,冥思苦想出了一个十分高级的名字:GF。

G是"高(gao)"的拼音首字母。F是 five。我们是"高五"——五个高个子的女孩。其实我们五个性格差异实在太大,追求、喜好和向往都完全不同。可是就好像是这个名字有魔力一样,我们一步一步地走了下去,成了彼此都无法忘怀的、彼此都不愿分离的永恒。

有什么办法能让我们的永恒再长一点? 这个奢侈的想法,却又让我联想到了那张蒸汽单子——STEAM。

2. 乔烨

几分钟前,张桐桐把我们五个聚在一起,宣布了又一个脑回路神奇的想法。

——如果我们,都进了那个STEAM班,是不是就可以再做三年的朋友?

我承认这个说法非常、极度地令人动摇:被她称为GF的这群女孩,是我太喜欢太喜欢的朋友。

是她们,用六年的时间一点点击溃了我筹谋许久的理智；让我孤身一人的奋斗，变成了一个温暖的童话。她们驱走了我的冰冷，使我只剩下依恋。唉——你们啊，怎么能让你们变成了这样的我，突然间又需要自己闯荡江湖了呢？

我是一个县城来的女孩。相传若不是校长和我的爸爸是曾经的友邻，大概我是进不了这所大学城里最高端的公办学校的。这里的孩子大多数都是高校教师子女，家庭环境好得不行。

——在刚到城市那段没学上的日子里，当时还只有六七岁的我快速地成长，学会察言观色和说话的方式，学会如何与人交流，学会应该交怎样的朋友更有利于自己。我怎么可能不怕呢？

在那个天气很好的九月，我尽量不露怯地走进一所被高等生活充斥的学校——他们其实并不能算是这个社会的顶端，却是最聪明的一部分。我牢记着爸爸嘱咐"要和厉害的人做朋友"的唯一准则，在老师让大家轮流上去做自我介绍时，就将那个唯一被老师一口气在额头上贴了五朵小红花的女孩，锁定为目标。

后来我和张桐桐说起这事，她还笑我说按照红花数量去丈量一个人厉害不厉害是不是太傻了点，而我也只是吐舌回敬，反正老师到二年级就没再选择过这么幼稚的东西作为奖励。不过有一点她倒是说得没错——当年拿到五朵红花的她，在这个唯分数论的时代，根本就不是什么厉害的人。

但是我并不觉得我有什么错。后来我也的确按照成绩去交了不少学霸朋友，然而他们身上总是少了点什么——人情味？真实？温暖的力量？谁知道呢。

起跑线的高度本预示了我绝不能放松的人生,而她们则告诉我什么是光明。

张桐桐和我说起STEAM班的事时其实我很纠结。普通的我并没有任何可能入选这个高智商集体,何况参加这种考试而落选并不有利于我以后再去和学霸们交朋友时表现出的卑微——参加这种考试,大约在他们眼里叫作我的不自量力。

我知道学霸也并不全都不可爱——有时候他们也很天真很有趣。但是对我来说,他们始终无法成为真正的朋友:这大概就是距离感吧。

GF里的她们,快乐的一切,都让我无比眷恋。我无法抑制自己去放弃任何一个能够让它走下去的机会。

GF,就是Good Friend的最佳诠释——在我心里。

3. 乔晔

STEAM班?! 开什么玩笑……这么耗费时间而且毫无意义的事情为什么要去做!!

张桐桐有时候是够会妄想的—— 那种精英级别的地方,怎么可能容得下我们五个普普通通的小混混呢?

用六年的时间去谱写了一段友谊——这么长的时间,也该结束了吧。世界上没有什么永恒这种事,根本不需要我再次说明,谁会不明白呢。

我爱看书到了痴迷的境界。于我而言:书,就是我的全部。

六年前小学刚开学的时候我就是这么想的。要朋友干什么？我只要与书为伴，就够了——我也确实是这么做的。下课看书，吃饭看书，排队看书……看一本书，我能换180个场合，360种动作。

在我们的学校，我这种父母都是大学教师的家庭是血统最纯正也最常见的。从小受到的教育告诉我：不要在意他人的眼光。我就是我，谁怕谁啊。

所以我可以完全沉浸在书的世界。用每一个感官去感受文字的情绪，感受剧情的玄机——太美妙了。

什么比得上书呢。

直到后来有一天，我的自我空间突然被打破了。

——其实根本没过多久，那还是刚开学一个多月。我渐渐意识到，班上有个人跟自己重名是多么难受的事情：甚至都没有完全重名，只是谐音。

不过她倒是看起来举止自然大方，不论言行都带着一种恰到好处的克制，像是经过了精准的计算。时间太久，我也记不清楚她当时到底精准到什么地步——记这些干什么呢。反正都是个一年级的小孩子，她装得不像，我也看不出来。

她叫乔烨，我叫乔晔——名字读音完全相同。

刚开始她总是和一个叫作张桐桐的、我们班最高的女孩一起来找我玩——其实根本就是骚扰吧。专注于看书的我总是没好气地抛去一个白眼，然而根本就阻挡不了这两个热情似火的女孩的用心良苦。

后来她们干脆开始叫我"书虫小姐"——这个绰号虽然

很符合我的人设,但是一点也不好听……不过倒是比后来为了区分我和乔烨,管她叫"火华儿"管我叫"日华儿"的好听。她们叫我的时候我干脆也就不理她们,想以此消退她们的热情。

结果很明确——我妥协了。

当放下书本去和她们一块儿玩闹的时候,会觉得自己发现了一个新的世界。它比魔幻小说更奇妙,比唯美小说更治愈。是她们,让我看到了这个世界和书本不同的魅力。

后来又多了两个惹人厌的家伙——这群女孩还是一如既往地烦人——比以往还要烦了。

尤其是可恶的体育生许飞……总是带着一身刚训练完的臭汗就挤在我身边让我看不了书!我可是,有洁癖的!

然而她们四个始终都没有落下我过。我们一共五个人,用六年的时间创建了一个比书本好上几百倍的、名为GF的世界。

我仍然保持着随时随地看书的习惯。不过,至此——书,不再是我的全部。

好吧,如果她们执意要一起去参加STEAM班的选拔,我也不会拒绝……毕竟,再做三年同学总归不是坏事。

GF的定义,大约就是Girl Fairy——女孩的童话吧。这是我曾阅览过的、最美的童话。

4. 陶欣儿

STEAM班?嗯,行啊,去了说不定真能上呢。

——毕竟我的运气,从来都是一流的。

可不只有我这么觉得。我生而幸福，享受着美满而奢华的一切。我的生活鲜有不顺心的事，我的祈愿常会成真。许多人从不相信命运，可是我的运气没人有办法不信。

妈妈全职，爸爸大款。知识条件是差了点——比不上那些书香门第，但是我天生脑子好使，考试？没有怕的。

刚到小学的时候，我性格还有些内向——开学是九月份，不久就入冬了；那一阵子我总是穿着高领毛衣，然后把下半张脸全都缩进衣领，给自己带来安全感。不过我人缘也奇好，没过多久就找到了一大群好朋友，日子过得滋润。以至于当我暴露本性化身女汉子时，那群和我差不多高的大个子女孩儿全被吓了一跳。

有一阵子乔日华家里生了二孩顾不上她导致学习成绩一落千丈，连中等偏上都没能保住，结果乔火华就找机会把她踢出了我们的朋友圈——好些时候乔日华都在被排挤着，从我们蔓延到全班。不过乔火华终究不是什么冷酷的人，至此看不下去了，又亲自把她救了回来。那以后她就人性化多了，也没再因为成绩排挤过谁——乔日华的成绩也渐渐回升了。

不过后来乔日华大约是嫌丢脸，绝口不提这件事，继续和我们插科打诨地过日子，逢上感动的时候还会专门强调，唉，你们都没有抛弃过我，真好。我们也都很识趣，没谁用这事去找碴……毕竟当时为了封口，她前所未有地给我们连续带了一周的零食。对于一个我这样的吃货而言，这必然是致命的绝对诱惑。

——但是乔火华乔日华的梗始终没有过去,甚至变成了越来越普及的叫法。她也为此气急败坏过好几回。

毕业是挺沉重的——对于张桐桐提出来的一起去报考STEAM班,我毫无异议。说不定,就仗着我的运气,咱真能创造奇迹。

GF的寓意,应该就是Good Fortune——幸运吧。

希望我们五个GF的女孩,都能永远像我一样幸运。

5. 许飞

STEAM班?什么啊……那跟我——一个体育生,有什么关系吗?

我来得比他们晚,不是一年级就在这儿的。还是后来拼搏了很久,靠着体育生的名义才挤进了这所强大的学校。

我们的拼搏还没有结束。小学毕业以后还会有一次比赛,只有胜者才能留在这所学校。

——只有赢了这场比赛,我才有机会和她们继续在一起。

但是我从来都没有过不自信。即使我的跑步成绩根本比不上那些其他的先天性体育生,我也相信我能行。推动我的力量是什么?为什么要有推动的力量啊……如果自己都放弃了,那就没有拼搏的意义了。

哈哈,开玩笑啦。我才没有那么鸡汤。动力的话,因为终点的地方会有一群特别特别好的朋友在等着我——只要赢下了这场比赛,我一定会争取也跟着她们报考STEAM班的。

更何况,被老师"特别关心"了之后的我,成绩可一点都不差。比起那群头脑简单的小个子,我才更适合这所学校。

我也挺喜欢看书的——只是没乔晔那么沉迷,何况我也没那么多时间。但是每次训练完想凑到她身边一块儿看书的时候,总是被她一脸嫌弃地赶走。用零食贿赂都不管用……要是所有人都像陶欣儿一样贪吃、容易收买就好了。拜——托——,体育生就不配看书了吗?

哼,我不仅看书,我还学习呢。

——谁说体育生就不能有诗和远方。

侥幸的是,在我转到这所学校的这段日子里,我收获了一段超级美好的友情。她们每一个人都太好了……各有各的好,完全不相同。然而就是这五花八门的性格,造就了五个女孩子的天下:GF。

GF是什么? 让我来给你秀秀体育生的英文:Genius Forever——永远的天才。

我们就是,永远的天才,永远独特的存在。

6. GF

后来张桐桐的主意被全员认可,我们都认认真真、一字一顿地用毕生最好看的字填写了一大张正反两面的报名信息表、生怕什么动作抹花了未干的字迹,然后带着忐忑的期许把它交给了老师。好像只要这样,我们的愿望就已经实现了。

离毕业大概还有那么一两个星期,这个时间谁都不会数着日子过:去算那个还不如和闺蜜多聊两句。

有次我们回忆一年级时不知道该玩什么游戏而思考半天的窘状，而想起当时不耐烦地等着回去看书的乔晔曾催促地说过一句话：

"快点啊，我们只剩下六年的时间了。"

六年，于当时的我们是再过一辈子的长度，是没有尽头的回廊。

而当今天的我们看见了回廊的尽头，才发现这一辈子真的只够我们想出一个游戏的标题。

——其实在交出那份报名表的时候，遗憾和不舍就已经消失了。

用心维系着的友谊，使GF永远都不会散。

（本文获第五届"读友杯"全国少年儿童文学创作大赛学生组银奖，发表于《读友》2020年第12期）

※ *Author's Notes*

想到重点班、试验班，或许最容易被联想到的是学习的压力。而除此以外，对于一群面临分别的朋友来说，它又意味着什么呢？

——一个重新开始的机会。一个延续友情的机会。

即使这是一群看上去并不合拍的朋友，也同样如此。

本应该交往学霸的"世故"女孩，最终和一群没有光环的普通人成了最好的朋友。本决定沉浸书海的"书虫小姐"，被一群吵闹的女孩拉进了喧嚣凡尘。本一直成绩落后的体育生，开始看书学习、开始向着更好的努力……

每个人表达爱的方式都有所不同,每个人的喜好习惯都相差甚远。其实,每一份友情都是如此,每一群闺蜜都是GF。不论她们是否合拍、是否相和、是否是一类人。

因为它们都有一个共同的特质:拥有自己的GF时,就像是拥有了全世界。

GF是Good Friend,是Girl Fairy,是Good Fortune,是Genius Forever;而它同时,更是GF本身。

不再需要任何的释义,不再需要任何的注解,GF就是GF。

一个注定美好、能够带来勇气和快乐的存在。

星光璀璨的女孩

1

我陪着星儿的时候,从来看不懂她那双眼睛。

和常人一样的瞳孔。耳朵是一个微微向外张的模样,整张脸放在一起看也和其他的孩子没什么不同。只是眼神显得有些迷离,仿佛永远沉浸在她自己的一个世界里。

她是真的智力有些问题吗?我总会觉得,她的内心是一个和同学们一样的正常人。

她不怎么有攻击性,会笑,会哭。虽然说话的时候会有点含糊不清,但如果只是静立,看不出和常人有什么区别。

想到这里,我就会觉得,自己不应该用这种哄小孩的语气对待她。

"星儿,你听得懂吗?"

我微微出神地问道。

星儿抬起眼皮看看我,没有发声。

相传她的家人带她去测过智力，分数濒临在低智的边缘。如果送去专门的培智学校，或许是那里表现最出色的孩子。

她偏偏来了我们这样一所坐落于大学城的附小，来到了五班。

我不太理解。这意味着她要命中注定地卡在这个班的最底层，作为成绩最差的那一个。

2

星儿这个女孩，留级了好几年。

留到五班时，比我们整个五班的同学都要大上好几岁，个子却并不显高。一年级入学的时候，班主任佟老师可能是看中了我全班最高"海拔"从而显得比较成熟这一点，将这个孩子托付给了我。

座位换在一起，排队站她后面，全天除了吃饭睡觉上厕所全程陪同。

我不太能说清自己对星儿是一种什么样的态度。

同情？怜悯？善意？

可能更多的是一种与生俱来的友爱。

——我目前为止并没有极其厌恶看不过去的人，基本上脾气挺好。稍微乖巧顺手主动一点的都能当朋友。

"星儿？你在干什么呀？"

"星儿，大部队已经走啦，快点跟上哦。"

我这个时候已经通过妈妈和星儿妈的交流得知，星儿妈说她家孩子是在跑步机上摔了一跤，是出于对她尊严的维护。

我并不知道星儿从上一届留级下来，是因为跟不上节奏的学习成绩，还是因为别的什么。

——星儿天生是不一样的孩子。

3

那会儿是三年级。

五班四十多个熊孩子，被地上一根黑线分开，戴着白色和红色的领带坐在两边地上，每边都是相等的二十几个人。

五班全体作为学校代表，来到了经济开发区的日本人学校，和这里的日本孩子联谊举办两校一年一度的友好运动会。

对于当时三年级的我们来说，不用懂那么多。我们只需要知道：今天是来玩的。

——有着这个关键词的存在，每个人都快乐而兴奋地期待着。

而我并没有想到，后来发生的那么一件事，会让这一切于我而言变得如此印象深刻。

日本人学校的孩子们也是四十几个，也都分成了红白两个阵营。与五班这么一拼——两队都变成了跨国战队。令我印象最深的是短跑比赛——红白两队各出两人，四人一组比赛。这边设施倒是齐全，校方准备了一条长长的线带作为终点线，每四个人中就有一个能来体验一下撞线的滋味。

队伍从矮到高。最前面的组已经开始比赛了。我遥望着一个个冲过终点线的身影，有些心痒——在学校体育课上跑了那么多次步,却没有哪次在终点是有冲线带守候的,更没有国际友人观战。看和自己同组的是星儿,我痴心妄想地觉得自己有可能拥有冲线的机会。

然后佟老师突然从我身后冒了出来:"一会儿跑步的时候不要冲刺了,你带着星儿慢慢跑,好吗?"

我明白了,佟老师是担忧星儿一个人落后太多会伤心。我突然之间甩掉了那些冲线的欲望,毫不犹豫地点点头:"嗯。"

佟老师满意离去之后,我才意识到这意味着什么:我可能要和星儿一起,在"中日两国未来希望"们的注视下,创造短跑最慢速度的纪录。

轮到我们组了。裁判打响发令枪,星儿顿了两秒才冲出去。我把速度控制在星儿身侧,全心注意着她的速度变化,毫无赶超或落后的痕迹。

我开始胡思乱想。我虽然没看着其他地方,却产生了上帝视角一般清晰的感受——

全场从一开始的没人在意到视线渐渐聚焦。

跑在最前方的同学冲过了白线。

终点已经响起欢呼。

身后的裁判迟疑了一下没有打出下一组的发令枪。

……

我抬起眼皮看了看,距离终点不远了。

又转过头看着星儿。

星儿拼尽全力地跑着,神情专注地凝视终点,甚至没有注意到我的视线。

我真心实意地觉得，这个一百米实在太漫长了。

即将到达终点的时候，我的脑回路突然加快。我不解地看见，终点处冲线带两边拉线的人又复拎起地上被冲过的线，只有第一名有机会冲过的线带被重新牵了起来，静候自成一组的两位到达他们一百米征程的结局。

那一瞬间，我很想冲冲这条线——仿若冠军的感觉一定很好玩！

但是我刻意放慢了脚步，让身后的星儿超过了自己。

我听到身后，来自五班同学们的加油声、喝彩声、掌声、欢呼声……

那一刻，短短一百米的跑道化作一条铺着红毯的星光大道，前方等待星儿的线带是星光璀璨的颁奖台。那一刻，要去成功冲线的仿佛不是星儿，而是我自己，或者说，还有我们整个五班。

——星儿冲刺终点线，我紧随其后踏过已经落地的线带。

星儿转过头，对我露出甜甜的笑容。

我不知道她明白不明白自己刚刚在做什么，却知道这些日本人学校的孩子不了解星儿的特殊性。

我无法想象他们是怎么理解这一行为的，于是放弃了想象。我搂紧星儿给了她一个拥抱，拍着星儿背部的手感受到她因为运动而变得剧烈迅速的心跳——慢跑一百米对于我而言根本没有任何反应。

我笑着。"恭喜获得胜利！"

我在内心深处，得寸进尺地赞美和崇拜着自己无私的品质，然后满意地看见了班主任佟老师感动的目光。其实现在回想起来，那一刻，不是我成全了星儿，是星儿促进了我的成长。

4

星儿在我们五班，终于不再留级，而是一口气读到了小学毕业。

九月，初中开学的第一天。我惊喜地在学校门口遇见星儿，秋日阳光下她背着双肩包的样子，很好看。

※ *Author's Notes*

星儿这样一个天生不太一样的女孩，在神奇的五班，得到了充满善意的包容与友爱。如何对待星儿，其实就是如何对待自己内心的爱、温暖与良善。

第三辑　遇见孤山

走15分钟去地铁站。

挤1个小时地铁。

站20分钟7路公交。

再沿着西湖步行10分钟。

这是每次去博物馆讲解的路。

有些辛苦,却也值得。

遇见孤山

1

走15分钟去地铁站。

挤1个小时地铁。

站20分钟7路公交车。

再沿着西湖步行10分钟来到孤山。

这是我每次去浙江省博物馆做志愿者讲解员要走的路。有些辛苦,却也值得。

小学五年级时,我第一次以志愿者讲解员的身份出现在博物馆。

6个展厅,100件器物,静静地等待着我。当时正在进行"越地宝藏"特展,那是年少的我距离历史文化最近的一次。我从未如此细致地观察这些文物——当我站在讲解员的位置,一切都显得那么不同。

深邃如海洋般的博物馆,是我从未想过会去细细研究的地方,如今却开始沉下心探求相关学问。每当全国各地的游客来到展厅,我便倾自己的力量,化作一股清风,小心地于文化间穿梭,掀起尘封的故事,让他们尽情感受历史扑面而来的魅力。

从上山文化的石磨盘到良渚文化的玉琮王,从妙趣横生的伎乐铜屋到熠熠生辉的越王宝剑,从精致江南的武林旧事到抒情写意的明清诗画,我一点点地学习积累,渐渐如数家珍。

2

现在的我,去其他的博物馆,看到文物时,不会再无动于衷,听览它们的故事,宛若他乡遇故知,亲切感会涌上心头。若旁边有两三个熟人,我更会激动地想把自己知道的分享出来。

我不知道自己这份讲解工作做得是否专业,但我知道,我的心,在那些认真倾听者似焰的目光下,会一次次剧烈地跳动。

我看到一个身影,在馆中徘徊。她认真地来回走动,口中念念有词,一遍遍背诵着讲解内容。

我看到一个身影,她站在一个需要讲解的家庭后面,欲言又止。终于,她走向前,开口,自我介绍,然后完成了人生的第一次讲解。她很喜悦,可更多的是为自己遗忘了一些内容而遗憾。她一遍遍对自己说,再努力一点,再精准一点。

还是那个身影,带领着20多位参观者,在场馆入口的路上开始娓娓道来。她的神情,很快乐。

……

是的,这是在博物馆历经数年一路走来的我的身影。曾经的"她"一定无法想象,今天我成了一名在人们面前能够自信微笑的志愿者讲解员。

"越地宝藏"之后,博物馆又举办过"法老的国度""越王时代""天下龙泉"等大型特展,展品也由100件逐渐增至180件、320件、513件。面对这些日渐熟悉的老朋友,我有时会突发奇想,如果文物会说话,如果这一件件器物会讲述它们历经风霜的故事,一定都是极为动人的篇章吧。

我不再怯场,除了讲解,我还能客串一把青铜编钟的现场演奏。我曾试着缓缓敲出《茉莉花》的旋律,编钟的音色古朴雅致,带着历经时光沉淀的沧桑质感,更有诗意的韵味。

3

馆里有位出色的志愿者,我很好奇她是如何做出那样优秀的讲解的。她露出洁白的牙齿:"微笑就好。"那个微笑比夏日的阳光还要璀璨。

浙博志愿者讲解员的队伍在不断扩大,我们因爱心聚集在一起,组建成一个志愿者大家庭。

这个家庭里有75岁的李爷爷,他的服务时间达6000多个小时。他能背许多和西湖有关的诗,讲解起来抑扬顿挫、口齿清晰。他春天能讲桃,夏天能述荷,秋天能颂桂,冬天能咏梅。有位游客听说他会背诵明末张岱的名篇《湖心亭看雪》,半信半疑地对着手机较真,近200字的文章一气呵成,一字不差。即使是在非讲解时段,在志愿者休息室里,他也常与我们分享知识。

还有65岁的於奶奶,每周扛着相机来到志愿者摄影组。在三层楼的展厅里,她每次上下楼都略有些吃力,需要侧过身子,扶着栏杆,先迈一只脚,再跟上一步,小心翼翼地抱着相机下台阶,一拍就是一整天,默默记录志愿者们讲解的身影。

一位在群里昵称为"老老兵"的奶奶,我甚至不知道她姓什么,在一次风雨天来博物馆服务的路上,摔伤了胳膊,大家都很担心她。她在群里请假留言说:"没事的,左手已打上石膏夹板固定,下周即可再来服务。"

还有一群和我一般大的孩子,身着大大的红背心,神采飞扬地为参观者讲解。其中,有个小朋友是博物馆保安阿姨的儿子。每逢寒暑假,他几乎天天泡在博物馆里,跟着成人志愿者学习讲解,一有空就抱着厚厚的文物图录仔细研读。

4

我们有一间小小的休息室,被称为"志愿者之家"。良渚申遗成功时,我们在这里欢呼雀跃。

天气炎热的时候,一场2个多小时的讲解后,我们的嗓子都哑了,可一坐进休息室,大家还是会交流讨论与讲解相关的点点滴滴。在电台当主持的金老师教大家如何用腹部发声保护嗓子;在中学教历史的黄老师讲述他在广州西汉南越王博物馆见到的羽人划舟提桶背后的故事;在大学教英语的葛老师分享她整理的全英文讲解词;摄制组精心制作上传在B站的《我在浙博讲文物》花絮篇更是引起休息室里的我们乐翻了天……

这间小小的"志愿者之家"分享了很多人的喜讯。获得"雏鹰争章好少年"称号的陈同学,中考保送至杭州第二中学的学霸叶同学,还有考上浙江大学考古系的陆同学,考上香港中文大学研究生的张同学,赴海外读博士的钟同学,等等,博物馆志愿者的经历让他们受益良多。

这个有爱、有心、有趣的大家庭也见证了我的成长。穿上红马甲,戴上扩音器,和来自全国各地的参观者一起穿越历史长河——我实在庆幸,自己能有这样一次机会,走进越地宝藏的海洋。

我会努力带着微笑和自信,不断前行。

(本文发表于《中学生天地》2020年第4期)

我想回到我的良渚王朝

"汤汤洪水方割,荡荡怀山襄陵。"

——题记

1

"这是浙江省博物馆的十大镇馆之宝之一——玉琮王。它是良渚文化时期最具代表性的器物,距今已有五千多年的历史……"

身着志愿者红马甲,腰间别着扩音器的我在展厅里徐徐道来。

几十位游客围在我身后的立式展柜四周,拍照、端详、聆听。展柜里静静放着五千年不朽的玉琮王,外方内圆,方表地而圆表天;是当年我和我的良渚子民们一年一度的祭天仪式时用以通天地的神器。

——那是我的玉琮王。

而此刻,我和我的玉琮王之间是一方透明的玻璃展柜的距离。我们相望无言，它知道我的故事。除了它，还有我的玉璧和玉钺——在这个没有游客就十分静寂的博物馆里，在我的良渚王朝里，只有我，同时拥有这三件神器。神通过它们注视着我，我的每一次穿越，我的每一个举动。我也能从其中窥探到神——永生不息的神的身影。

时光定格在1936年，西湖博物馆。

我的面前，一位年轻人正在仔细地擦拭一把有孔的石斧，案头散置着一些幽幽泛着光的黑色陶片。

我最多只能认得清那是我的时代的石斧。可是我的石斧太多了，这并不足以使我想起它曾经的故事。年轻人神情专注，眼眸里倒映出钝拙的石斧那微不可察的光芒，直到发觉我的出现，动作一顿抬起了头。

"你是良渚人？我也是良渚人呀。我叫施昕更，是西湖博物馆的讲解员。"

这个叫作施昕更的年轻人在擦拭石斧的时候，无意中打开了一条通往古老的良渚国的时间通道，被洪水淹没而长眠的我，至此得到了我那信仰了一辈子的神明的救赎。

但是，还不够。

历经百般波折才辗转有了讲解员的身份，得以朝朝暮暮都能与我的神器们见面。而在博物馆的寂静时分，我总是在不停地、不停地祷告。

我想回到我的良渚王朝。

2

为了这一目标——也因为跨时差老乡的亲切感，我和不经意间打开了时空隧道的施昕更成了朋友。或许是出于一个讲解者的本能,他非常善于倾听。我因此顺利地给他讲述了我们良渚王朝的故事。用他的时代的纪年方式,那要回到5300多年前了。

我的良渚城建在钱塘江以北、长江以南的地域。三面环山、东面靠海,中心聚落就在今天的杭州。当年我和我的子民们以莫角山为中心,耗费多年心血建起了成片的村庄,高大的城墙,气势恢宏的祭台,还有连绵的水利系统。站在城墙上俯瞰无垠的稻田里欢庆丰收的良渚子民,我曾一度以为,我们是被我们至高无上的神明所眷顾的;因而这番盛世的气象必然会岁岁月月,永恒如是。

良渚古国为何会失落?这些年来,我知道有许许多多个施昕更一直在研究,有人说是海浸,有人说是战争,也有人说是远征扩张。而我的脑海里,无法忘怀的不是那些在洪水面前不堪一击的城墙的衰败,也不是那些刻着神徽的玉琮、玉璧和玉钺的繁荣,而是我的万千子民在洪水中挣扎,在漩涡中呼号,在浪涛中消逝……我曾目睹的、在我沉睡前的每一个画面都于此后的每个日夜,越发地具象化。

每当海平面上升时,沿海一带地下水的水位就会相应升高。在长时间、大规模降水的簇拥下,水流将涌向低洼地带,加上北面的长江、南面的钱塘江也可能因集中降雨而水量骤增,原本河网密布的良渚就会洪水泛滥。在一次次与洪水斗争的经验累积中,我们逐渐在洪水极易成灾的良渚城的北面和西面建起了十一道严密的堤坝,并且分为低坝系统和高坝系统。良渚城由内而外,依次为宫城、王城、外郭城和外围水利系统,通过高低两级水坝将大量的水流蓄积在低地和山谷,以消解洪水的威胁。此后,当我知道那是当时全天下最早也最为发达的水利工程时,自然是无比自豪。

可是我的自豪很快就无处落脚了。因为这份全天下最早的水利工程,并不足以守护我的王朝。

那年的雨季来得格外早,持续的时间也格外长,终于招致洪水暴发。我没有想到,我们辛苦建起的水坝百密一疏。洪水从老虎山和岗公岭之间的山口汹涌而至,那里是我们唯一没有建水坝的地方——那时的我和我的子民们,皆认为自然山体就是神赐予我们的天然的洪水屏障。

我曾呐喊,双手恭敬依旧地捧着沉重的玉琮,被洪水泡软的掌心深深地感受着玉琮每一条光滑精致的纹路。直到洪水没过臂膀,没过脖颈,没过我高擎玉琮的双手,冰冷的水流刺激着每一个感官;直到再也无法发出任何一个音节,直到再也无力捧起玉琮,我的心都从未停下祈祷。

我的良渚王朝就这样无声无息地湮灭于太湖平原。

3

"汤汤洪水方割,荡荡怀山襄陵。"

这短短的字样,便能勾起我无尽的回忆。我不忍去触碰记忆深处不可名状的痛苦,却反反复复地让那种痛苦充斥我的全身。我向神诉求,我向神祈愿。我要永远通过我的神器一次又一次地告诉神:这是一片经历了怎样的苦难的土地!

这些年,我一直在等待着一个回去的时间。

时间,有无数个可能,就像空间也有无数个可能一样,你们现在所熟悉的只是其中一种。在某一个合适的窗口,时间通道会再次打开,只要拿到我的神徽,我一定可以再回到属于我的良渚时间里去,那里有非常重要的事情等着我。

我要回去,重建我的良渚城!

这些年我在博物馆里,在守护我的玉琮王的同时,也在守护这五千年来无尽的传奇。我知道我不能仅仅向神乞讨,而应该有自己的付出——我学习查阅了无数文献资料:从大禹治水、防风氏治水,到勾践使吴人筑吴塘;从五代吴越国时期钱镠手书《筑塘疏》率领20万军民从六和塔至艮山门沿途昼夜修建,成就了史无前例的捍海石塘,到明代黄光昇创筑双盖五纵五横鱼鳞石塘,方方相合,面面相重,层层叠砌,犹如水上长城……今天,我要把绵延近千里的钱塘江标准海塘的堤坝技术带回良渚,在老虎山与岗公岭一带依峡建闸,筑起一道坚固屏障,蓄池、修筑、维护、测险、巡查,排涝泄洪,疏堵兼治。

我将不再完全依赖于神明的庇佑——给我这个从头再来的机会已经是神对我最大的宽容。愿我的子民再也不惧怕任何洪水,愿他们在这片沃土生生不息,在另一个时间和空间里,当你们在历史的扉页写下良渚文化时,再也不是断裂的文明,而是时间的河流在此绵延不绝,永不停歇。

“大家可以看到这只玉琮王上的纹饰,它叫作神人兽面纹,是一个神人头戴羽冠、骑跨在神兽上,象征了良渚人心中地位最高的神祇……”

只在顷刻之间,当我回过头去为参观的游客介绍那枚雕刻在玉琮上的神人兽面纹神徽时,神兽那象征太阳的重圈大眼忽然迸发出玉的色泽——那就是我的神明的光芒。良渚文化悠扬的清朗旋律远远传来,玉器闪烁的光芒让我看不清周围的事物,眩晕中亦可感受到其透出了点点往日的行色。

我的时间窗口已经到来。

再见了——我要回到我的良渚王朝。

(原文《穿越·守护》获浙江中小学生想象力写作大赛一等奖)

※Author's Notes

这篇习作,缘于良渚古城遗址成功列入《世界遗产名录》之际,我参与了浙江中小学生想象力写作大赛,并幸运地获得一等奖。

大赛的主题是穿越五千年。我当时惋惜于灿烂的良渚文化的湮没,于是忽然想,如果昔日的良渚能有现代人的防洪之策,那耀眼的文化或许能绵延不绝,历史也说不定得以改写吧?

于是,提笔以良渚王的身份挑战了一回穿越。

这一辑里的"我"试着变换了不同身份,有时是良渚王,有时是青瓷磬,算是一些有趣的写作冒险。

青铜削

春秋的文乐与硝烟均已远去,作为战火纷飞而又文化多元的一大时代,今日它的记忆被尘封在了博物馆。

踏入吴越文化特展的展厅,即会看见一座被精致的单立柜守护着的"伎乐铜屋",一座越式建筑小亭,四角攒尖顶、八角棱纹柱的顶端立一鸠鸟,屋内六个小人皆是越人装扮,吟唱、击鼓、弹琴、击筑、吹笙,仿佛能使人再听见那经年微哑的乐声。

而它的对面,遥有几米远处,是一把架起的越王剑,经久不衰地泛着光芒,展示它肃杀低沉的风貌。而剑身缠绕的丝线微微发红,提示了其上曾沾濡过的血迹。

其间的平面柜里摆放着文人的铜削刀——其功用类似于当代的橡皮。

那把铜削刀就是在我进展馆看了几眼之后,突然开始发亮的,我明确清晰地看着它亮起来。

"用它来改写历史吧。"

我听见了。我猜疑这大约是2000多年前曾持着它的史官的声音。是那个史官的执念，载它来了今日。

"如果没有战争……"

"如果没有战争!"

我执起那把铜削刀。嘶哑而痛苦的声音从一个细细的嗓子里发出，惊出我一身冷汗，青铜的冰凉触感使我回神。

一卷竹简在我面前铺展开来。

青铜的色泽回归明亮，在江南水乡的清溪岸边，芦苇荡随着微风轻轻缓缓地悠然摇曳。

十二年间的忍辱负重时时刻刻地折磨着越王勾践，而到了这时，他终于能够在心中默念：时不远矣。

公元前473年，是对于吴越都极为重要的一年。

勾践终于等来了夫差亲率十三万大军，北上黄池，与晋国争盟的消息。文种的七条妙策也已经全部付诸行动，箭已在弦上，只待那最后也是最重要的一场大戏：血洗吴国曾满载着勾践的屈辱的每一寸土地。

勾践佩好了做工精良的越王剑，亲自率军上阵。这第一次的抗争，唤醒了他屈身为奴、不堪回首的记忆。

他清晰地记得，上一次如此雄姿英发，正是吴王阖闾中箭身亡，夫差为报杀父之仇日夜练兵、守孝三年将满，越兵主动迎战的时刻。

而那一战，也正是勾践从满心以为无法生还到乞和成功，使他卧薪尝胆了整整三年的一战。

勾践领兵入吴，脑中还在不断地浮现吴王夫差释放自己回国时，握着他手说的那句："寡人赦君返国，君当念吴之恩，勿记吴之怨。"而当时的自己还信誓旦旦回答道："我一定生生世世竭力报效吴国，如若负吴，皇天不佑。"这句话放在当初，并非纯属欺骗。他也动过真心，在身处吴国逆来顺受的那段年月。

——可是归越的十二年，复仇之心愈发蓬勃，当初的心态是何种模样已经无从找寻。身为越王，他终于将要为国报仇了。

而此时的吴王夫差，走向了他的巅峰。被幸运包裹的君王显然还未能察觉，在巅峰的尽头，便是谷底——万劫不复的无底深渊。他更未能察觉的是，在十二年前被他释放回越国的、心甘屈身为奴的勾践，他向来无比信任的越王，已经站在了吴国姑苏城的城门之前。

我看见吴越仇恨加深的结点一个个显现。

"夫差杀父之仇"被标成血色，这是吴越征战的最大结点。

我的手持着那柄铜削刀，几乎不受控制地向那行字伸去。抹掉这些战争，夫差的父亲就不会被杀，甚至吴越之战都不会再发生，文明将会迎来多大的进步！

刀锋将要触到竹卷时，我顿下来。心中有一个声音响起，它在呼唤我。那个声音就像两千多年前执着削刀的史官,一心守护着历史,日复一日地记录下悲痛的诀别和生死。他提笔想抹去断壁残垣,却终究叹息一声放下了笔。

"历史是由数不清的遗憾组成的,遗憾也是历史的一部分,没有这些遗憾就没有今天的历史,就没有今天的我们。"

"战争是遗憾,也是历史的一部分。"

"我们必须保卫历史。"

"……"

特展结束那天我也去了。那天青铜削没有发光,或许它已经伴随一声长叹永远眠于两千年前的遗憾里。

它们宛如沉睡的梦,在我的记忆里飞掠而去。

但是我不怀疑这场梦的真实性。

铜削刀冷硬的触感还滞留在指尖,我记得我放下削刀时的复杂心情。

结果是原封不动,而过程,则成了我与它们永远的秘密。

青瓷磬

陶瓷是不朽的史书，

夏商周秦汉，唐宋元明清，

每一个时代的技艺和风采，

在它们身上铭记。

陶瓷是文化的芯片，

五千年文明之血脉绵恒，中华民族之文化基因，

在这里刻录储存……

——《陶瓷之歌》

上篇　瓷航

意识在混沌中不断挣扎，像征途时起风引起的波澜壮阔的海平面。迷茫像船舱中无法得知目的地的无措。忽然间，一阵清脆的敲击像是黎明的光，击溃了黑暗。

过了好一会儿，我才辨清这阵清脆的旋律正是我自己发出的。

——多么熟悉的声音啊，这正是我最喜爱的《鲜花谣》。《鲜花谣》的旋律温柔动听，总是如同一段美好又神秘的倾诉。它也总是让我不自觉地陷入我那轮回千年的记忆。

我是一枚青瓷编磬，出自声名显赫的龙泉窑。

"磬"是中国最古老的乐器之一，我们完整的编磬家族一共有十四片，分上下两组，才能合奏出天籁之音。传说中我最早的祖先由尧舜时期的人无句所作。人类的先民在劳作之余，会敲击着石头，扮成各种野兽的模样，以庆贺丰收或是狩猎的硕果。这种敲击的石头，渐渐演变为最古老的打击乐器——磬。由于我的名字"磬"与"庆"谐音，人们也常常以我来祈福求愿。我的祖先们，有玉制，也有铜质，到我这一代，开始有了貌美的青瓷磬了。我的外形上折下弧，线条简练，色泽典雅，既有玉的温润质感，也有铜的厚重朴拙。

12世纪时，我们龙泉青瓷就曾从宁波、温州、泉州等港口，经波澜壮阔的海上丝绸之路游历世界。我曾随着我的青瓷大家族——碗、碟、炉、杯、洗、盏等一起出海远航，遍游欧陆。在浪漫的法国，我们青瓷家族备受喜爱。当年法国上流社会正流行一出宫廷舞剧《牧羊女亚司泰来》，戏里名为Céladon的男主穿着一件酷似青瓷颜色的长衫，初见青瓷的法国人，于是为我们取了一个充满诗意与想象力的昵称——雪拉同。

数个世纪以来，我们几经波折，我们的主人也历经更迭。从宫廷到民间，从拍卖行到博物馆，有时在宫廷的宴乐上被奏响，有时在古玩店的货架上被围观。在一次战火纷飞中，我甚至差点与我的编磬家族失去音信。我被摔出了几道裂痕，蒙上尘埃静静躺在角落。

己亥岁夏，我有幸被一位来自中国的收藏家发现，他带着我们编磬家族漂洋过海回到祖国，还拜访了一位博物馆的修复大师，他擅长一种名为"焗瓷"的工艺。我们青瓷家族最著名的"蚂蝗绊"的故事你一定听说过吧？对，就是用六枚焗钉修复的那只精美的茶碗。我被修复后，刚巧赶上了在北京故宫博物院开展的"天下龙泉"特展，在那里，终于与我的青瓷大家族团圆了。

孟冬时节，能随着"天下龙泉"回浙江，我特别欣慰。在故乡博物馆的"青瓷之夜"，我们奏响了一曲回望千年的《瓷航》，用青瓷器乐独有的方式歌唱了浩渺碧波的海上丝绸之路，让天下人感受到生生不息的龙泉窑火。

下篇　归来

作为浙江省博物馆的讲解志愿者，我得以在"天下龙泉"展上见到这组神奇的青瓷编磬。

见到它们的第一眼，我联想到的是"越王时代"特展期间每周六我在浙江省博物馆演奏的青铜编钟。它们是一样的古朴雅致，有着历经时光沉淀后的沧桑质感。

我试着缓缓敲出《茉莉花》的旋律，青瓷磬的声音具有别样的洁净与清纯，更有诗意的韵味，如闻天籁大概便是形容这样的声音了。

听说《茉莉花》从前叫作《鲜花谣》，已经相传千年。这穿越千年的旋律，每每奏出都仿若一曲千年记忆的歌唱。

我笑着将思绪转回眼前这架曾游历世界的青瓷磬。或许来日会有那么一天,我也真的能有幸聆听它的记忆呢。如果文物会说话,如果这神奇的青瓷编磬会讲述"天下龙泉"的故事,一定是极为动人的篇章吧。

　　我继续缓缓敲击着,奏响清脆的乐曲,歌唱历史的馈赠,带着我的祈愿。

捍　海

1. 洪水汤汤

在钱塘江流域的东北部和东部,有一座实证中华5000年文明的古国——良渚古城。

宏伟的城墙,丰收的稻谷,无与伦比的反山玉琮王,显赫的高土坛古墓,权贵云集的都城,庄严宏阔的庙宇……是什么令5000年前曾经如此辉煌的良渚古城,最终无声无息地湮灭于太湖平原?

有人说是海浸,有人说是战争,也有人说是远征扩张,而最为认可的推断,当是历经洪水劫难的良渚先民,不得不离开了这片"汤汤洪水方割,荡荡怀山襄陵"的土地。

良渚文化遗址大致在钱塘江以北、长江以南、宁镇山脉以东,中心遗址聚落位于杭州,处于一个三面环山、东面靠海的C形区。每当海平面上升时,沿海一带地下水的水位也会相应升高。如果受到季风的影响,发生长时间、大规模的降水,水流涌向低洼地带,加上北面的长江、南面的钱塘江也可能因集中降雨而水量骤增,原本河网密布的良渚就会洪水泛滥。

于是,智慧的良渚人开启了史前水利工程的序幕。

考古发现,良渚古城由内而外,依次为宫城、王城、外郭城和外围水利系统,其水利系统气势恢宏,令人震撼。这是迄今所知中国最早的大型水利工程,世界上最早的水坝系统,同时也是钱塘江海塘最早的源头。

目前发现的良渚塘坝位于良渚古城的北面和西面,共由11条堤坝组成,营建的工艺分为低坝系统和高坝系统,通过高低两级水坝将大量的水流蓄积在低地和山谷,以消解洪水的威胁。

然而古老的水坝也未能抵挡过于凶猛的水患,良渚人被迫离开家园。

他们的身影究竟向何处去了,我们至今无从确认,只留下种种传说随风飘散。相传良渚文化衰亡之后,其部族成员大多沿着钱塘江,经富春江、新安江等迁移到西部和南部的崇山峻岭。也有研究发现,良渚先民还可能从钱塘江上游的新安江谷地,进入鄱阳湖流域,再向西沿长江而上,或向南至广东,甚至顺江而下经由浙东的海岸线出海远航。这一路,伴随着大江大海的奔腾。

"历史有多少遗产,就会留下多少谜团。"

2. 浮沉急浪

"漫漫平沙走白虹,瑶台失手玉杯空。晴天摇动清江底,晚日浮沉急浪中。"

当浩瀚钱塘的水天交界处,一条白线趁人不备地出现在视野中,人群就会开始轰动。有人欢呼,有人惊喜,有人期待,也有人还没反应过来。但是不到十秒钟的时间内,所有人都会意识到:潮来了!

潮来了。铺天盖地、风起云涌,那该当是何等的壮丽。

但倘若这宏伟大潮,会侵蚀房屋、流逝庄稼,将一切变为荒芜,它便成了一道忧患。

钱塘江是一条著名的潮汐河流,潮水变幻莫测。壮丽的钱江潮在带来令人叹服的景观之外,也会带来深重的水患。

在吴越大地,传说中的大禹治水、防风氏治水都已成为往事。

动荡的春秋战国年代,钱塘江作为越地文明的母亲河,在与中原文化的交流和碰撞中,孕育出了独有的越地文明。

《越绝书·记地传》载:"勾践已灭吴,使吴人筑吴塘,东西千步,名辟首。后因以为名曰塘。"这段文字记载了越王勾践灭吴之后,役使吴国战俘兴筑堤塘的历史。除此,卧薪尝胆、精勤耕战的勾践还在富阳、萧山一带兴建了大规模的水利工程,为此后成就一代霸主大业奠定了牢固的经济基础。

汉唐时期已有海塘修筑的记载。当时修筑的是土塘,用两面木板夹成模子,中间填土,再经夯实而成。至五代吴越国时期的捍海石塘,钱塘江海塘修筑是一项漫长而浩大的工程。

3. 箭镇钱江

钱镠与西湖,千里钱塘镇潮虐的故事在这里高潮迭起。

深受远古英雄主义影响的钱镠,最初的治水始于防风神祠的修建和对防风氏的祭拜,还曾为致谢龙王而投下"太湖银龙简",《钱王射潮》中神勇射箭的钱镠王甚至被神化为一方百姓的保护神。

然而,拜神投简也好,祭祀射箭也罢,抵不住钱塘江潮的声声咆哮。

"声驱千骑疾,气卷万山来。"

最终治水还需落到修筑海塘的实处。

他手书《筑塘疏》,言明"民为社稷之本,土为百物所生……塘不可不筑";他率领二十万军民昼夜奋战,从六和塔至艮山门,沿途修建四层立体石塘——一层桃柱缓冲江潮冲击,二层以木桩和装满石头的篾笼构筑泥塘,三层为大块岩石叠砌,四层是石堤内泥土夯实的保护层,终于成就了史无前例的捍海石塘,也成就了"富庶盛于东南"的杭州城。

"目击平原沃野,尽成江水汪洋"的历史已成过往。

4. 捍御风潮

当然,在防洪治水上,从来没有一劳永逸的轻松事。

北宋以后至明清时期,受钱塘江口潮流变化的影响,风潮不断,钱塘江海塘亦不断得到修缮。

明人虽总体属于事后被动修复,但未雨绸缪的主动治水理念已开始萌芽,《全修海塘录》里载:"使人怀远虑,岁所积贮,犹绰绰有余。"在官督民办的岁岁修缮里,一起叠砌进鱼鳞石塘那一方方巨石的,是钱塘江两岸百姓的智慧与汗水。比著名的万历十五年还要稍早四十余年的明嘉靖年间,浙江水利官员黄光昇在研究了前人筑塘的经验教训之后，创造性地发明了双盖五纵五横鱼鳞石塘，即以极厚极大的巨石纵横叠加，方方相合，面面相重，如鱼鳞般相互紧贴，层层叠砌。

清代康熙年间，在明代鱼鳞石塘的基础上，清人因地制宜地加以发展。至清代乾隆朝开始，随着国力的提升，官方开始强势介入海塘工程。鱼鳞大石塘、条块石塘不断改进，以巨型条石砌筑，高达十八层，钱江堤岸始得稳固。

5. 千里钱塘

围垦，加固，防冲，修整……后人不停歇地对钱塘江河口两岸的整治，更是凸显了超凡的智慧。21世纪到来伊始，钱塘江标准海塘已经建成绵延近千里。

一代人有一代人的使命。

不变的是对生于斯、长于斯的这片土地的热爱。

今天，当我们于黄昏时分信步在钱塘江畔感受迎面的微风时，每年八月十八追逐着钱塘江的浪潮而心潮澎湃时，我们或许不会忆起那些往昔的岁月。

然而，无论潮水如何冲刷堤岸，记忆的源头也不会被遗忘。

在追溯历史的慨叹中，我们总能获得力量。

要相信，历史的长河从未停止流淌。

（本文获浙江省"同一条钱塘江"征文大赛金奖，"绿色浙江"公众号全文刊载，"钱塘江文化"公众号全文转载。）

到博物馆去

摄像头的灯光微微亮起，我的身后是千年回忆。每一瞬呼吸都因为麦克风的存在变得缓慢而重要，我穿着红马甲站在画面的中央，开口即是笑颜。

"中国是瓷器的故乡，历经几千年长盛不衰，瓷器的种类也是不胜枚举……"

这是在"云上博物馆"的录制现场，我将准备了很久的讲稿面对镜头徐徐道来时，那种紧张是不言而喻的。不过，毕竟我做志愿讲解已经两年多，瑟缩的胆怯已然逐渐被自信与从容替代。

2018年的春天，在经历了层层选拔与考核之后，我幸运地成为浙江省博物馆的一名讲解志愿者。从机缘巧合地相遇，直至如今的熟稔，是热情与付出并肩的力量让我前行。逐渐爱上这份"工作"，也爱上周末与假日的清晨到博物馆去的路上，在清晨的西湖边，带着笑与湖面的鸳鸯打个招呼，在绿荫树影里呼吸,向着柳枝被微风吹起的方向走。沿北山街赏一片荷,至秋水山庄附近左转,便会看见那坐落于孤山南麓西子湖畔的博物馆。

历史的古韵刻入心底。

在录制现场,并没有提词屏的辅助,因此视频呈现的便是讲解本真。从自己搜集资料到撰写讲稿,我一点点摸索着历史的原貌。

其实对我来说,比起录制视频,现场讲解才是最具挑战性的。只是将讲稿死记硬背根本行不通,在熟悉展品全部信息的同时,如果遇到了比你更懂文物的听众,他们往往会将你无法解答的问题一个个抛出。

而这恰好也就是掌握新知识的最好时机。在空余时间将这些问题一一解锁,直至对所有展品如数家珍。

记得最开始,我抱着青涩的好奇心报名成为一名志愿者,用四个小时去准备四分钟的试讲,如梦似幻地通过面试的同时恍惚地意识到,自己和历史终于近了一步。

这毕竟可不是一份容易的差事:在偌大的展厅里徘徊,和陌生的展品面面相觑,跟着成人志愿者,听他们讲解,捧着手机录下两小时的音频反复聆听,在一本本艰涩又厚重的历史文物书籍中翻查资料:罍(léi)、瓿(bù)、觥(gōng)、卣(yǒu)、鬲(lì)、甗(yǎn)、簋(guǐ)、簠(fǔ)……甚至有一些文物名字中的生僻字连输入法都显示不出来。突破首次讲解这道大门槛之前的时光对相当内敛的我而言尤为漫长,面对文物的低声练习一直持续到和馆中的保安大叔都熟识。

至今印象深刻的是第一次真正的讲解。我并不是速度最敏捷的赛跑者,因此在我之前已有不少成人志愿者讲过数回,我也听过了很多次。因为第一次试讲而不敢在讲解排班表上写下自己的名字,只是在博物馆入口处的走廊上徘徊,连博物馆定制的讲解员服装的衣角都被捏得褶皱不平。

　　我观察着很多游客来往的神色,尽可能分辨着哪些游客可以接受一次可能错漏百出的讲解服务。带着小孩的家庭通常是首选,小孩越多越好。他们通常并不会提出过于刁难的问题,而是重于倾听。

　　我就那样晃荡了很久,直到保安大叔都开始看不下去。他笑着给我使了个眼色,拍拍我的肩。

　　"今天要开始讲解啦? 加油,别怕!"

　　我局促地点头,继续满走廊地张望着。一对父女出现在我面前,他们在一块展板前站了好一会儿也没有离开。

　　我一直静立在他们身后,徘徊半晌,总算说服自己这是个机会。

　　"……请问,你们需要讲解服务吗?"

　　我带着微笑(大概是带着的吧)上了前,然而大约是因为不善言辞或是根本找错了人,这一次的尝试并不成功。那位父亲转过来审视了我一番,眼神好像在看一个毛遂自荐的推销员。大约是因为博物馆的衣服还不够醒目,我被当成了一个收费的私营导游。

　　这无疑又消磨了我的勇气。再次发着呆在走廊里徘徊,却遇见了我听过很多次讲解的另一位志愿者姐姐。她笑了笑,偏头看着我:"终于要讲解啦?加油!"

我仍然只是点头,理了理腰上别着的小蜜蜂。

她帮我将被小蜜蜂弄乱的头发理整齐,最后又露出了一个灿烂的笑容:"别害怕呀,微笑就好。"

微笑就好。这句话莫名带给我不小的勇气,我也跟着她笑了笑,点头点得更用力了。

我再次找寻着目标,锁定在了一位年轻的母亲和她的两个孩子身上。这一次我确切地感受到我带着那种灿烂无比的笑容,走上前。

"请问,你们需要讲解服务吗?我是浙江省博物馆的讲解志愿者。"

"好呀!辛苦你啦。"

那位母亲报以微笑,牵过两个孩子跟在了我身后。突如其来的胜利感占据心头,我喜悦得几乎忘词,直到看见再熟悉不过的展柜,才缓过神来。

"伎乐铜屋是我馆的十大镇馆之宝之一,来自春秋战国时期。这是目前考古出土的唯一一件先秦时期的建筑模型。从外观上来看,屋顶是四角攒尖顶,顶尖立着一根八角棱纹柱,柱子上有一只鸠鸟……"

不出所料的是这场讲解的序幕磕磕绊绊,但是在接下去一百件展品的过渡中,总算逐渐流畅了些。怀抱着对这一家人耐心听完我长约一个小时的讲解的感恩,我终于道出结束语,鞠躬致谢。

"我的讲解到这里就结束啦,谢谢你们的聆听。"

那时除了这一家人还有两三游客聚集在我周围,我深鞠一躬,忽然听见节奏不一的掌声响起,多日努力所迸发的浪花在此刻汇为一场澎湃,激荡我的心潮。即便在这次时达半年的特展后,又经过了更多的大型特展,展品也由100件逐渐增加,涉及的器物品类与文博背景愈发广泛,因为有了这场掌声,我不再胆怯或者畏惧。

如今那些历史都已深入心灵,再也不会忘却。所有过往都在这些文物上留下诗篇,而我因此成长,也懂得了自信与微笑。

"如果你也想触摸历史,感受从远古传来的悠长余音,那就来昆山片玉展厅参观中国古代陶瓷陈列展吧!"

在"云上博物馆"的录制最后我再次露出笑容,记忆与那位志愿者姐姐曾经的柔和唇角重合。如今我们由特展馆区迁至主馆,展品的数量更加数不胜数。虽然更加多元的器物和纷繁的历史背景让每一场讲解都更具难度、要花费更多的时间和精力去准备,但无论是志愿服务的热情力量还是悠远历史的神秘气息,都足以支持着我继续走下去。

（本文发表于《小溪流》杂志2020年第9期"溪歌·非虚构"专栏,溪流会客室专访。）

附:《小溪流》杂志溪流会客室专访

主持:禾木编辑(以下简称"禾木")

张梓蘅,2006年12月生,自2018年4月起担任浙江省博物馆志愿讲解员,2019年被授予"青瓷守望者"荣誉称号,曾在浙江省博物馆官网、官方微信公众号发表作品,参与"我在浙博讲文物"、浙江省博物馆"云上博物馆"等节目录制。本期,她做客溪流会客室,为我们讲述她当志愿讲解员的那些事儿。

禾木:你为什么会去博物馆做志愿讲解员?

张梓蘅:一开始是出于好奇。2018年4月,我们梦钱塘假日小队偶然发现了一则浙江省博物馆志愿者招募启事,其中小志愿者岗位的招募面向杭州市全体中小学生。我心动了,将报名表发送到浙江省博物馆的邮箱,紧张又期待地等着回音。在那之后,我经历层层选拔、培训和考核,幸运地成为浙江省博物馆孤山馆区的第一批小志愿者,前往"越地宝藏"特展进行讲解。

当时,我以为所谓的讲解就是每个志愿者守着一件展品,有游客过来就讲讲,并不困难,没想到我要介绍的根本不是一件展品,而是100件! 在逐渐熟悉这些文物以后,历史的魅力也展现在我眼前,我对传统文化有了浓厚的兴趣,这也成为我继续当志愿讲解员的动力。

禾木:讲解工作中最困难的地方在哪里?

张梓蘅:在于讲解之前的准备工作,具体地说,就是对搜集到的资料进行校对,整合成讲解稿,再把稿子牢牢记下来这一过程。死记硬背是不够的,必须融会贯通,否则遇到比你更懂文物的观众,你就很可能无法解答他们的问题。

在特展"法老的国度"中,我接触到了一份全新的历史:荷鲁斯之眼、伊希斯女神、九柱神体系……这些古老而又崭新的概念涌现在我的面前。于是在这次特展的准备中,我们就需要了解更为全面的世界文明,并对值得尊敬的古埃及文明抱有自己的见解。

到今天为止我已经参与了四个特展与一个主馆常设展的讲解,特展的文物数量也逐渐增加,主馆的文物就更加数不胜数了——这些无疑都为讲解的准备增加了难度。

禾木:文中,你提到自己个性内敛,怎么克服呢?

张梓蘅:克服这种性格的确是一件不容易的事情。因为担心自己不能胜任,我花了很多时间为一场讲解做准备。坚持不懈的练习、志愿者大家庭给予我的鼓励以及文物本身散发的魅力使我有了改变。这是从我站在讲解志愿者这样一个崭新的位置开始发生的改变。在展厅里徘徊演练的时光,都是这些文物陪伴我度过的。当然,最终驱使我迈出这一步的还有身边的志愿讲解员一个个都进入了角色,我再不上场可就没面子啦!

禾木:向我们的读者介绍一件你印象最深刻的展品吧!

张梓蘅:伎乐铜屋是浙江省博物馆的十大镇馆宝物之一,来自春秋战国时期。这是目前考古出土的唯一的先秦时期的建筑模型。从外观上来看,屋顶是四角攒尖顶,顶尖立着一根八角棱纹柱,柱子上有一只鸠鸟。屋子南面敞开,无墙无门窗,我们可以从这里看见内部构造。其余三面则是镂空的墙面。北面中间开了一扇小窗。

屋中是由六个小人儿组成的乐队,这些小人儿都是跪坐着的,"断发文身"展现了当时古越国人独特的装束:剪短头发,留齐刘海,据说这是因为当时越国水域宽广,方便下水;上半身不穿衣服而布满文身,据说这是为了驱赶蛇虫。

最前面的这两个小人儿,根据形态可知是女性,而且是正在吟唱的乐伎。另一个站在前排的小人儿手持鼓槌,朝西击打着鼓面,处于一个独特的演出位置,是演奏中的指挥者。第二排从左到右的三个小人儿分别在弹七弦琴、击筑和吹笙。为什么屋顶上会出现鸠鸟呢?这是因为古人对鸟类有崇拜心理,而鸠鸟就是古越国人的重点崇拜对象之一,我们还可以在很多地方看到鸠鸟的装饰。

禾木:对于想去博物馆做志愿讲解员的同龄人,你有什么建议?

张梓蘅:我觉得这是一个非常值得支持的选择。但在下定决心之前,一定要考虑清楚,自己是否已经有了这份勇气:这并不是一件可以随便应付的事情。在这两年多的志愿服务中,我有一些同伴就因为学业繁忙或其他原因放弃了,当然也迎来了许多新成员。另外,在讲解之前一定要做好充足的准备,用心对待。

走进越王时代"鼎"的世界

　　"越王时代——吴越楚文物精粹展"是浙江省博物馆90周年的一个大展。本次特展集结了全国28家文博机构320余件(组)馆藏文物,涵盖了青铜器、漆器、玉器、印纹硬陶和原始瓷等吴、越、楚文物精品。我在志愿讲解服务的过程中发现本次特展的诸多器物中,鼎器内容尤为丰富,形制纷繁多元,引起了参观者的浓郁兴趣。因此,专门做了一份"观鼎秘籍",供大家了解。

　　鼎是中华传统文明的重要标志,有着丰富的文化内涵。金文中的"鼎"字,可写作🏺。它有烹煮肉食、宴享和祭祀等各种用途。鼎的特征可以概括为"双耳,圆腹,三足";而我们这次特展的主线,也正好可以用这三个特征来概括。

　　双耳,指代食器和礼器,分别说明了春秋时期对物质文明和精神文明的需求。

　　圆腹,指代文化之间包容性极强的交流和相互影响。

三足,是三足鼎立之意,指代吴、越、楚三大诸侯国的争霸战。

接下来,就请跟随我的脚步,一起穿越时光的长河,感受春秋战国时期那段各诸侯国相互征伐也彼此融合的历史岁月。

越式鼎:简约风,大长腿

在展厅一楼的第一单元"百越翘楚 水乡泽国",我们会看到一组越式鼎。

越式鼎的出现其实并不局限于越地,而是包括了《吕氏春秋》《史记》等文献记载的整个"百越",分布于中国东南和南部地区。

典型的越式鼎指春秋后期百越流行的、特征主要为"无纹、外撇、细足"的鼎。器形上具有器壁较薄、做工简单、三足外撇的特点,功能上多为实用器而非礼器。它体现了越文化的最初样貌,具有古代越族的独特风格。

随着时间的推移,"简约风,大长腿"的越式鼎广泛传播于湘江流域、赣江流域、两广等地区。战国中期在楚文化区中发掘的鼎,特点已经演变为"腹深、盖薄、附耳、三足细瘦外撇,盖上往往饰双线云雷纹",且甚为普遍。这表明楚越文化的交流与融合大大加快了越地的文明化,也对楚人成就气象恢宏的八百年基业具有非凡的意义。

越地发现的楚式鼎:博采众长、无美不备的精致

与越式鼎并列展出的是一组越地发现的楚式鼎。带盖鼎和兽面鼎并存,是反映楚国青铜器制作工艺高超的典型代

表器物。

从春秋晚期至战国中期，楚国不断向东扩展，公元前306年，长江下游区域的吴越故地全部被楚占领，这一时期越地墓葬中出土了不少具有典型楚文化因素的青铜器。

比如浙江东阳出土的战国"青铜盖鼎"就是典型的楚式鼎，圆顶盖，附耳，深鼓腹圆底，与盖合成浑圆一体，盖子的边缘和鼎的腹部有许多精致的云雷纹，下承三条矮兽蹄足，呈现出了典型的楚式鼎铸造技术和造型艺术。

还有本次展出的战国变形兽纹铜盖鼎和铜兽面鼎，用料考究，纹饰精美，具有明显的南系青铜文化的特征。

原始瓷鼎：对青铜鼎器的极致模仿

接下来，我们来到了一楼展厅的"丘土瓷源"部分，这里展出了一批原始瓷鼎，可分为盆形鼎、罐形鼎、瓿形（束腰）鼎、兽面鼎等几类。从原始瓷鼎的形态多样化，可见越国秉承中原礼制以鼎为礼器之首的传统。

一方面，越地的贵族们对青铜礼器十分向往；另一方面，却不得不面对古越地青铜资源匮乏的现实。聪明的越地人于是创造了几乎能以假乱真的"高仿版"青铜器——原始瓷。

原始瓷，又称原始青瓷，是在烧制印纹硬陶的基础上发展产生的。它用瓷土作胎，经1100℃—1200℃左右的高温烧制而成，已具备瓷器的基本特征。使用大量仿青铜器的原始瓷或硬陶礼乐器随葬，是越国贵族墓葬的显著特征之一。

本次特展展出的"越式原始瓷鼎"中，有浙江安吉出土的战国原始瓷兽面鼎、浙江余杭出土的战国原始瓷兽面鼎。还有浙江上虞出土的战国原始瓷瓿形鼎和原始瓷盆形鼎,以及另外两件原始瓷盖鼎。

这些"越式原始瓷器"应当理解为越地常见的器物,并非越国所特有,它们应是当时流行的铜器款式的瓷质仿制品。在中原礼制文化的影响下,仿青铜原始瓷礼器的器形、装饰凸显了其对青铜器煞费苦心的模仿,且制作工艺亦代表了此阶段原始瓷的最高水平。

吴式鼎:中原文化与南方文化的碰撞

参观完一楼展厅的鼎,我们拾级而上,来到位于二楼的第二单元"吴越征战 霸业中天"。这里的器物主要讲述的是吴越争霸以及吴越文化交融的故事。吴文化是由中原文化与南方文化相互碰撞而形成的地域文化,故吴地出土的器物面貌具有二重性,一方面受到中原商周文化的深刻影响,另一方面从形制、纹饰上又表现出显著的地方文化色彩和风格。

二楼吴文化展厅有两件带盖铜鼎展品,形制类似,其中一件为江苏镇江出土的带盖铜鼎,它的上部为盖,盖上站立着三只神兽,盖中间为铺首衔环,鼎身与盖为子母口连接,口沿下部装饰有雷纹、弦纹。鼎的下部设三兽蹄足,足跟装饰蟠螭纹。具有同样特征的鼎器还出土于苏州虎丘千墩坟遗址,所以我们推测,这是典型的吴国流行的青铜鼎形制。

另一件江苏六合出土的带盖铜鼎,盖有三环钮,该式鼎为子母口,是楚式风格的鼎。其高蹄足又与典型越式鼎细长外撇足似有一定的渊源关系。

吴国青铜器在吸收并模仿中原青铜器,继承并保有土著青铜器特征的同时,又对南方各国青铜文化兼收并蓄,并进一步形成了独具特色的南方特征,从而呈现出纷繁复杂、多姿多彩的文化面貌。

群舒文化鼎:别样的区域个性

本次特展中,还有一些来自小诸侯国的鼎的身影。

如绍兴306号墓出土的文物中,有一只蟠螭纹铜汤鼎,上面铸刻有"徐"字,由此可知这是来自徐国的器物。

对于徐国的器物最终流入了越地,共有三种解释:一是作为越的战利品(犹如楚地发现大批越剑),吴灭徐后,越又灭吴,吴从徐所掠的器物多归越所有;二是吴灭徐后,徐国人多迁入了越地,将徐器也带了过来;三是徐人入浙后,将鼎器制作工艺一并带入越地,并在越地制作了此鼎。不论哪一种观点,其实都表明,中原的文化伴随着徐器或是徐人进入了越地,这也是一种文化的交融。

在二楼展厅,还专门开辟了一片区域名为"方国兼并",用来展现除了南方三大诸侯国吴、越、楚之外,群舒地区等一些小诸侯国的风貌。

该区域展出了一些典型的群舒地区青铜鼎器。它们主要出土于安徽舒城、寿县等地,年代大致在春秋中期偏晚到春秋晚期。群舒是指春秋时期的江淮地区和皖南沿江地区。在这里出土的器物特征有别于同时期周边的吴文化、越文化和楚文化,因此被学术界称为群舒文化。

这些群舒文化的鼎器共分为三大类:立耳鼎、附耳鼎、兽首鼎。本次展出的安徽寿县出土的蟠虺纹小口铜鼎双耳立于肩部,从器形上看,属立耳蹄足深腹鼎。而安徽舒城出土的兽首铜鼎形制则较为独特,整体呈现出一只兽的形态,各部位过渡自然,兽面双耳竖直上翘,鼎身为双附耳,三蹄足,有明显的区域个性特征。

楚氏鼎:奢华风,细腰美人

最后我们来到的是本次特展的第三单元"服朝于楚 国破魂存",南方霸主楚国的风采值得细细领略。

自楚庄王起,每一代楚王都怀有问鼎中原的梦想,对于鼎始终保持着执着专注并有一份特殊的情结。本次特展展出了在安徽寿县出土的楚王酓悍铜鼎,铭文记载着楚幽王为庆贺胜利,用缴获的兵器铸成此鼎并用于祭祀的史实。鼎作为王权、重器象征表现得淋漓尽致。

青铜器是楚文化的"六大支柱"之一。楚式青铜器在商周以来中原器物形制的基础上进行了重大改革。本次展出的天星观二号墓出土的器物中,有5件铜升鼎,折射出了"楚王好细腰"的审美意识。束腰收腹的楚式升鼎,是对传统鼎器的大胆突破,给人以灵巧、生动的视觉效果。

概括起来,目前关于楚式鼎的分类主要有以下两种方法:第一种是按照周代的列鼎制度,将列鼎制度中的青铜鼎细分为镬鼎、升鼎、羞鼎。镬鼎具有烹煮功能,并具备形体硕大、形态多样的特点。升鼎也可以被称为"正鼎","升"是一个动作,意思是将镬鼎中煮好的牲肉盛放到升鼎中,为祭祀先祖之用。羞鼎是指配有调味品的陪鼎;第二种是根据鼎的形制进行分类,如束腰平底鼎、箍口鼎、折沿鼎、子母口鼎、小口鼎等等。

以上我们述说了楚、越、吴、徐、舒等南方诸侯国和地区各种鼎器的特点与风格,各地青铜器形制渐趋一致的现象以及原始瓷器对青铜礼器的模仿,不仅是这一时期物质文化互相融汇的反映,同时也是思想观念上的融合和统一。

看完了这份详细的"观鼎秘籍",有没有心动?心动的话不妨来浙江省博物馆孤山馆区,我们在特展"越王时代"等你哦!

（本文发表于浙江省博物馆 2019 年 7 月 15 日官方微信公众号,省博物馆官方微博全文转载。）

第四辑　第二印象

夏季清风吹拂时会留下的痕迹

六月时离别的蓝雏菊的咏叹调

牵连勾勒出一条小小的路

路上走着的便是你我

第二印象

我沉默地拖着桌椅坐到那个未来同桌的旁边，直到安顿好所有课本以后，才彻底没了动静。沉默甚至能让我感觉到她不习惯地盯着我的眼神。我略微尴尬地转过头，有些勉强地笑了笑："……你好。"

换同桌之际，我总是有个习惯：根据第一印象断定这是一个怎么样的人。正是这个习惯，让我险些错过了一次奇遇。

新学期，班上转来几个以体育特长生身份进来的同学。而我此前的刻板印象告诉我，这些人的普遍特征就是：成绩不好，自由散漫，上课不专心。

而这也是我对我这位新同桌的第一印象。

不过她毕竟是个女孩子，我并不便于翻脸——当然，不论她是男是女都该当如此。然而我的心里，早早地画下了两张桌子间的界线。

她倒是开朗,一节课上下来比老师说的话还多。一会儿借笔,一会儿问题目,一会儿扭过头看我的笔记……意外的是,她听课并不分心。

"喂——同桌?"

我正帮前桌的一个好友改着作文,当下并不停笔,只是微微偏过头示意她可以说下去了。

她小心翼翼地把自己的作文本推了过来:"帮我也改改呗?"

我改作文向来是义务劳动,来者不拒。可是这个"服务对象"换成了她的话,却不太乐意了。怎知抬头正想拒绝时,对上了她有些试探的目光。

拒绝的话语哽在喉咙里,我顿了顿,最后败服地接过了那本作文本。

那次作文的题目是写一种自然景观,所以题材很宽泛,层出不穷。我翻开她的本子,看着那些歪歪曲曲的字迹,辨认出了文章的第一行:

——朋友,你见过流星吗?

我略无语地看着这广告一般的开头,毫不犹豫地把它划去了。

不过出乎意料的地方在于,越往下看越觉得,她的文字其实很澄澈,透露着一种天真,却又显得脆弱。就好像是无端遭到标签化的独特艺术品。

……我是不是,也过早地对她下了定论呢?

在不知不觉间,我画下的那条界线悄无声息地消失了。

——从我改完作文把本子抛回她桌上的那一刻起，我们成了以"同桌"相称的朋友。

这就是我对我这位新同桌的第二印象。

此后我常给她改作文。有时候作文题目新鲜出炉，还会兴致勃勃地凑在一块儿讨论选材。她这个的确不怎么喜欢学习和写作的女孩，至此有了一些改变。她当然还是执着于她作为体育特长生的那个梦想，却在学习上也用功了许多，成了一个与众不同的女孩。而我从此也就放下了偏见，学会用第二印象去认识一个人。

现在的她在我眼里，再也不是传统观念上的"后进生"了：她有很强的上进心。后来她还在作文里写到，她在原来的学校遭到过很多偏见。如果她未曾经历过这些偏见，如果她从一开始就能一直勇敢地追逐着她那个和其他同学不那么一样的梦想，或许这一切都会变得不一样吧。

这便是一次座位的轮换给我带来的奇遇。

这场奇遇，改变了她，也改变了我。我们都在向更好的方向走去。

（本文发表于《第二课堂》2020年第6期）

来自军营的三封家书

🌀

1

亲爱的爸爸妈妈：

你们好吗？

见字如面。

这是我第一次在营地军训，也是为数不多的独自一人在外过夜。我知道你们心底是必定有着担心的——即使你们说，我走了你们正好可以放松一下。

我也很忐忑。虽然没有亲身经历过，但是也听说过不少军训的传闻。高强度的训练，大片晒伤的肌肤，破旧的宿舍……

不过，艰辛的第一天已经过去了喔。

刚开始大家都不习惯。同学们有中暑、呕吐、情绪崩溃乃至晕倒的。在酷热中站着军姿，通过被汗水浸染的双眸，我亲眼见到站在我前面的人眼前发黑双腿一软，直接向前晕倒过去。

被俯卧撑压得青紫的手掌，由于连续深蹲、快速起立酸胀的双腿，无法避免不适的身体，因为高歌呐喊变得沙哑的喉咙。

但是，我都挺过来了。我没有倒下也没有离场，没有打报告申请片刻的休息。你们一定很意外吧。

在你们心目中，我或许还是那个不能负重的小女孩吧。

这里的夜空很美，是粉与紫的渐变。天空的两边各绽放着一颗星，一明，一暗。

恰似异处的我与你们。

愿星辰如梦，今夜好安。

你们的女儿：梓蘅

写于军训营地

2

亲爱的爸爸妈妈：

你们好吗？

见字如面。

这是第二封信了。

我想和你们说说我们的教官。

他和其他身体强壮的教官不太一样，长得又瘦又白，乍一眼看去或会看成一个文人。可若是细看，他又确实目光如电，背脊挺拔，步履坚定，不苟言笑却有着军人的幽默。

他训练我们的时候，要求非常严格——他是一个好胜心很强的人，做事永远以第一和胜利为目标要求着自己以及他人。甚至在他以最不经意的姿态提起自己一次第二名的经历时,我们都能从中觉察出不甘与在乎。

在第一天晚上的"拉歌"活动中,我们第一次看见教官笑的样子——我们第一次发现,教官也是人。

而今晚的活动,是拔河比赛。在全班体重集体低于120的情况下,我意外参赛了。对面的十一班则看上去就十分强壮。

任谁都觉得没希望了。教官没有多说什么,只是让我们尽力而为。

但是我们都在他的目光里读出了那个他所渴求的名次。

两天的逐渐认识中,我们和教官对彼此的印象也在不断迁移。而其中变化最大的一次,大约就是当"牙签们"在一群擀面杖中得到了拔河比赛第二名的成绩时。他发现了这个轻飘飘班级的团结之力。

而我们则第一次发现,教官是个可爱的人。

今天的夜空仍然是粉与紫的渐变,仍然很美,天空上仍然悬有一明一暗的两颗星。

愿星辰入梦,今夜好安。

你们的女儿:梓蘅

写于军训营地

3

亲爱的爸爸妈妈:

你们好吗?

见字如面。

这是第三封信了。

今日傍晚，我就会回来了。

我没能想好回家的第一句话该说什么，但已经收好了行李——现在是午休时间。

这里是军训基地，好像什么都带着点"军"的气息。

花是热火的橙色，开得大大方方整整齐齐。柔软柳枝风吹不动，被夜色笼罩时甚至像是几笔苍劲的墨痕，垂成几束坚挺。

从开始时的弱不禁风，现在的我们像是感染了这里的力量。我们能够驱动疲惫不堪酸痛难耐的身体，发出呐喊：我们能行！

我想告诉你们，于我而言，最难以忍受的汗珠来源于两鬓。

汗露顺沿发丝若隐若现，敏感的头皮一阵发痒发麻，像是有人在以最不轻不重的力度进行搔痒恶作剧，而在站军姿的自己没有擦去汗水的能力。

不过，我们的班主任老师一直都在烈日下陪伴着我们。我们是全校唯一有自制解暑凉茶的班级。苦中作乐的休息闲暇，我们往往能从老师们无微不至的关爱里寻到一些小确幸。

军训已经过去了大半，我们也确实收获了许多。

从明天开始，我们就要转战学校操场，晚上回家住宿了。

今夜此处的天空是什么颜色，有没有星星，我不能详。

但是我知道，这封信将要去往的地方，那里的天空，今夜的我将与你们共赏。

今夜可归。

你们的女儿:梓蘅

写于军训营地

尾 声

军训的最后一天。

带着的是全部的疲惫和全部的期待。

同时也有不舍。

我们班拿下了全部集体奖项第一名的时候,我看见教官露出了这些天来我们都从未见过的自豪笑容。

我知道我们成功了。而这一切,是我们这一周来的所有艰辛努力汗水所汇成的。我也拿到了"训练标兵"的称号。

这天的云很多变。我们刚刚到达操场的时候,是一大团一大团簇拥在高楼之后的。而后散成了片片丝丝的云彩,只是给太阳留出了空地,照射得地面滚烫。

我们向教官整齐敬礼,向他演唱了他所教给我们的,诸多军歌里最温柔的那一首:

你问我什么是战士的生活

我送你一枚小弹壳

它曾经历过风雨的洗礼

也曾吹响过一支短歌

战士的生活就是这样

有苦有甜有声有色

……

他深深地看向我们，眼神里是我们不能明了的感情。嘴角微微上扬，深棕色的瞳孔扫视着我们每一个人笑着歌唱的面孔，非常仔细，一丝不苟。

随后，我和四个同学一起抱着全班同学叠的整齐的军服给教官做最后的送行。

放下军服的我们站成一排。这一次我们离得很近，我明确地看到教官的目光停滞于我的身上，与我的目光对视。

他告诉我们，要保持在军营里养成的好习惯。非常简短，没有一个多余的字。

他的眼眸非常闪亮，直接而炽热，能够感染人。我望向他眼神的那个瞬间，被一股猛烈强劲的力量感染了。

军训终于走向结束的时候，太阳反而去云层的后面了。

在不那么炎热的气候里换回校服，送别教官；准备离校的时候，我跨出的每一次都还是军人的步伐：昂头挺胸收腹，双目平视前方。

我并不觉得军训的日子非常煎熬，这是一种别样的生活，是一种可贵的体验。

心情愉悦以至嘴角浮现笑意，一桩桩军训间发生的趣事划过脑海，最后滞留在全军营里唯一的三封未寄出的家书里。

成长的另一种打开方式

小学毕业后的暑假。听说同学们都开始了密集的报班。

小升初衔接的各种辅导班,早八点到晚九点午餐晚餐都是培训机构里盒饭解决,家长的微信群里弥漫着不报班到了初中会跟不上的声音……

比起这样在培训机构补课过暑假的方式,我选择了另一条路——去博物馆做讲解志愿者,和来自全国各地的游客一起穿越历史长河。讲解之外,还能客串一把编钟的现场演奏。

经历过数次大型特展的讲解后,我会更好地理解,为什么作为世界遗产的良渚文化对于上下五千年的中华文明有着非凡的意义;为什么古老的"荷鲁斯之眼"在今天依然焕发着故事的生命力;"有志者事竟成,破釜沉舟,百二秦关终属楚;苦心人天不负,卧薪尝胆,三千越甲可吞吴"这样的对联里蕴藏着怎样的气吞山河;回到故乡的"天下龙泉"又是如何见证了由弱至强的大国沧桑。

在浙江省博物馆的"青瓷之夜",我们奏响了一曲回望千年的《瓷航》,用青瓷器乐独有的方式演绎了浩渺碧波的海上丝绸之路。我也很幸运地站在台上,和另外几位志愿者一起被授予了"青瓷守望者"的称号。

作为志愿者,我还参与了关爱儿童研学主题夏令营。这个夏令营里的46名孩子都有一个特殊的身份——留守儿童。在"非遗向未来"非物质文化遗产体验活动中,我们一起做软陶,一起体验活字印刷。

来自开化县北门小学的女孩韩贝仪,把自己亲手制作的活字印刷作品作为生日礼物送给她的妈妈,还特意在作品上面写了两行字:

赠予我亲爱的母亲
生日快乐

后面还画着一个生日蛋糕的形象,十分生动温馨。

来自武义县西联乡中心小学的女孩傅楚楚,父母在外工作,跟着奶奶生活。这次来参加夏令营,她以自己的笔触写下了一路的见闻:

猜猜我们今天要去哪里?哈哈!如果你不知道,那我就告诉你,今天我们去了两个博物馆和宋城!……

在宋城,差不多都是仿宋的建筑,对了,在宋城的街道上,卖的差不多都是汉服、发簪、戒指,还有一些仿宋的物品,真像来到了宋朝呢!

可以从她的文字中读出杭州之行给她带来的乐趣,更能体会到她性子里的活泼开朗。这样的夏令营,应该也是她成长岁月里一种难得的体验吧。

我送给她们每人一本自己新出版的作品集《舞勺之年》,因为是同龄人,她们也正好是舞勺豆蔻的年纪。加上书中有些篇章描写的就是留守儿童的生活,主办方觉得很适合送给她们。

写作是我们共同记录生活、表达情绪的方式。在她们写夏令营的日记和诗文里,我能感受到,她们喜欢杭州,同时也深爱着自己的家人,自己的家乡。

钟筱柔、傅楚楚、邱昱融、周梓焓、全雯钰、周晏阳几位同学还给我留下了联系方式,希望我们以后能成为笔友,保持书信的往来。

感谢人民网、中国网、《都市快报》、杭州新闻、中华慈善总会《慈善公益报》、浙江省慈善联合总会、浙江省博物馆对活动的报道。这些媒体、单位的关注,至少说明,这也是一种有意义的成长打开方式。

想起去年暑假,我跟随爸爸去真正的乡村生活了几天,在那里同样结识了我的同龄人。我们一起去瓜田里摘西瓜,在清晨起来爬山去看日出,在夜幕降临的时候去邂逅萤火虫。我写下了《仲夏夜村野》《田沿村短记》《萤》这样的文字,记录那段难忘的乡村体验。

"人在社会中生活,在社会中成长。"七年级《历史与社会》课本第一单元的开篇这样写道。走出培训机构,走到乡村田野,和同龄人聊一聊她们不一样的生活。

阅读。

练字。

写一本校园小说。

运动。

去江边散步。

和好朋友一起看一场电影,享一顿美食。

去外面的世界走走,看看……

这份成长清单里,还有很多待完成与正在完成的心愿。

你的成长心愿,实现了吗?

(本文获中国儿童少年基金会"春蕾计划"征文大赛金奖)

六月咏叹调

　　树有新叶而未繁盛,花或开或谢皆有其美。烈日在午后渐渐挪移,夏风则一如既往地清爽又干脆,直接而炽热。算来恰是六月时节。

　　随夏而来,随夏而去,仅是四季之隔,老师便又不再教我们了。可虽不再为师,仍是亲如良友,于暑假期间,偶尔来我们家里做客。

　　桌上两盏清茶,我们各执一笔,一同改着近来所写的文章。老师神情专注,手中黑笔抵着脸沿,眉头微皱着,不时垂下笔在稿纸上写写画画。

　　她着一条中国风长裙,薄荷绿的底色漾开几朵粉荷,像是第一次见时的那条。

　　"你这里是句号,下一句应该重新写主语了。"

　　"这段语序有点怪,你想表达什么?"……

　　时光似无休止,似逝非逝;我微微出神,忆起以前每次作文的修改，一样的专注神情，一样的笔锋走势，一同她还是我们的语文老师那般。

改完了，放下纸笔，动作如同舒了口气。她笑了一下，眉眼弯弯。

"你最近读了些什么书？收获大吗?""班里的同学都怎么样了?"

我一一答，她于是一一点评过去。我心中总觉得她像是武侠小说中侠客的形象，口出直接，率性真挚。杏眸中带着淡淡的威严的错觉，实际上亦是个坦诚风趣的人。我喜这种直接，喜她善恶分明的作风。

"听说你数学有退步啊？学习就像是一种武侠的修行，数学这些则是内功，是基础，一定要掌握才是。"我们同样喜欢写作，喜欢读金大侠的文字。

我深深记得，那之后的一次数学考试，我拿了满分。

她是良师，亦是益友，一如夏季犹存的清凉之风，一如六月那曲离别却又重逢的抒情咏叹调。

那个人曾将慢镜头
生活赠予我

记忆里,我并没怎么去过乡村。所谓旅行,也只是大小城市间相走而已。

唯一的印象中,记得最清楚的也并非乡村的哪处景色,而是村主任家的女儿——当时她是让我唤她彩蝶的。

那儿是个新农村,设施齐全先进,同我预想的老旧房屋毫不相同。这是我被彩蝶邀进家门时唯一的感叹:最新款手机,笔记本电脑映入眼帘。电脑上放映着的是最近的热门电视剧,屋内装潢走的是华丽欧式风。

但新农村毕竟是农村,农田乡道不会少。她想起我此行的目的是体验农野生活后便拉我去了村里西瓜地,当时正是盛夏,西瓜都熟了。她带着小心翼翼的我下田,准备搬个熟透的回家品品。

"喏,你这只手拦在瓜下,再这么一掰就行了。不然容易把根全扯下来。看——"她干脆利落地截下一只瓜,我也照模照样地搬。她纠正了好几回,我才终于没迫害到西瓜的根。

西瓜被她拉个网兜投进村后边的冰井里。她是不怕人偷去这瓜的——村里人都很亲。

"乡村生活的话,还有个最佳取景点,跟我来。"她拉着我就跑,脸上带着灿烂无瑕的笑容。我就那么看着她,无比自然地躺倒在田边一片还算宽阔的草地上。方才我甚至没能注意到这块不大起眼的地盘。

"愣着做什么呢?"她拍拍身侧草坪,"没事儿,我一有空就爱在这一片躺着,看看天空啊,花草啊,蝴蝶啊,都自在。"或许是因为她的动作实在太自然,我一时来不及考虑虫子秽物,跟着躺下。

清新干净的淡淡气味包围着我。我猜测它大约来源于青草——此前我从未嗅到过青草的气息。我抬头去仰望。

"这儿的天空,真蓝啊……"我实在是发自内心地脱口而出。

"……你们那边的天,不是蓝的吗?天空不都是蓝色的吗?"

我微微诧异。时代前沿的乡村少女,竟也同书中乡村的孩子一样,不知道世上会有不那么蓝的天。

"没有。大概就是觉得,你们这儿的天空蓝得更好看。"

"这是什么花儿?挺漂亮,我在城里好像也见过几面。"

我看着她也微微诧异地转头,随后很快回答了我。

后来的对话渐少,我们只是闭眼享受着暂停的时光。风微微拂过脸颊时,也带走了城市的喧嚣、快节奏。不再匆忙的生活与草丛中小虫的细鸣,定格了我的记忆。

彩蝶为迎接来到她的世界的我,赠予了我她的世界的特产——慢节奏的生活。

我已记不清那时她告诉我的花名,但记得那种白色的小小的野花,遍布草坪缝隙却自在悠闲的身影。

我带着她的赠礼,回归我的生活。

第五辑　星星的多元宇宙

我曾拥有五颗星星。

我问它们,什么是阅读。

一颗星蹦跳着:"阅读就是漫天繁星掩藏在纸张间的倒影。"

另一颗星发着光:"阅读是璀璨银河默默记录的回忆。"

还有一颗星眨眨眼:"阅读是我们光芒的源泉。"

第四颗星声音小小的:"阅读能扫空阴霾、明澈心房。"

最后一颗星像是在笑:"阅读就是,多元宇宙最美的写真。"

成见之力

在国产动漫电影中,《哪吒之魔童降世》确实是一部大赞的作品。在动画的处理、剧情的设计上都表现出了极大的特色,令人印象深刻。导演成功用一个丑丑的哪吒引来了大家的关注,而以惹人喜爱的性格打破了疑问。剧情里人物的性格特点和历史上有着很多不同,而这也是这部电影的反差魅力所在。

这部电影还有一个引人入胜的特点——存在着许多值得"澄思渺虑、涵泳玩索"的台词。

今日影评就将围绕这些隽永的台词展开。

1."哪吒是你什么人?""他是我儿。"

这是哪吒的父亲李靖说的。

在刚开始得知自己的孩子将是灵珠转世这样的消息,却又忽然就变成了魔丸时,这种得而复失的惆怅其实很容易让人迁怒于这个孩子。

——偏偏哪吒的父母就是对他百般呵护，要将他抚养成正人君子。

因此，在得知哪吒三岁就将被天雷取去性命时，李靖直接上天去求情了。

没能求到除去天雷，但是得了一招能换命的方法。他将符箓放在送哪吒的生日礼物——平安福袋里，要以自己的命抵他的命。

放在现实生活中，这样的亲情力量亦是令人惊叹。

哪吒能够不成魔，很大一部分就是因为这三年来，这对夫妻给予他的爱意。哪怕孩子再顽劣，再没有天赋，再生而为魔，父亲都能喊出这句："他是我儿。"

这是天下所有父母对自家孩子的爱、包容与妥协。

2."人心中的成见就像一座大山，任你怎么努力也休想搬动。"

这句台词源于剧中反派角色申公豹。

哪吒自出生起，就是以妖怪的身份，一直被父母软禁在家中——因为出门就会惹事。

但是看门的两只神兽十分不靠谱，聪明的哪吒只需稍做手脚就可以溜出去。

其实最开始的哪吒出门并不惹事，只是单纯想和大家玩。

可是随着一声"他是哪吒"的尖叫，所有人都远离了他。

哪吒从小就被成见的阴霾包围着。

"他们都说我是妖怪，我就当妖怪给他们看。"这句话中有怨气,有记忆,有着难以言喻的空虚沉默。

同时,这句台词是有双重含义的。

申公豹的出身是一只人人嫌弃的妖怪。他能够从妖怪成为神仙,没有背后父母的关爱,没有任何人的呵护,没有什么天赋资本。

全都是靠着他自己的努力。

可是再怎么努力,他的出身都是妖怪。

即使是师门中最刻苦的那一个,却仍然入不了元始天尊的法眼。

"好啊,师父连江山社稷图都给你了。"

令他最煎熬的是,他的对手是一个这样不正经的同门——太乙真人。

以此相较,就可以体会到他这句话里如深渊般的无力与怨恨。

而同时,比起出生自带主角光环的哪吒,我们每个人都更贴近于申公豹。

相对于看着"哪吒"成为"哪吒",或许我们更期待的是"申公豹"成为"哪吒"。

哪吒说:"若命运不公,我就和它斗到底。"

他花了三年时间做到了。

可是申公豹花了半辈子了,也没能斗到这个底。

这才是命运真正的不公,这才是值得唏嘘的地方。

被成见误了一生的申公豹,目睹着元始天尊提拔这个没半点正经的太乙真人而完全忽略自己。目睹着年仅三岁的哪吒打破了成见。

这会是一种怎样的压抑不堪。

背负着成见生活在现实中的人们，或许也会因为这一句油然生出不少共鸣与叹息。

3."你是万众瞩目的英雄，我却是背叛全族的罪人。"

这是敖丙对哪吒说的话。

哪吒是魔丸，敖丙就是灵珠。

当初的申公豹偷换了灵珠，勾结龙族，看起来像个十足的恶人。

回味过来他又何尝不是生活所迫。他和龙族最初合作的动机，叫作建功立业，得到天庭的承认。

是因为他们是一类人。

在敖丙出生以后成为他的师父，屈从于这天庭的体制。他小心翼翼藏起背后伤痕，藏起出身，告诫这个还未消去龙角的徒儿要掩藏好身份。

"一生中能改变命运的机会，可不多呀。"

申公豹想让敖丙在哪吒三岁生辰时将他除去，建功立业得以成就；想让他不要重蹈覆辙，做一个不被出身耽误的仙人。

"这可是龙族千年一遇的机会。"

龙王被派到炼狱监管其他妖魔，而龙族本身也被永远囚禁在了这座炼狱之中。

可是他们死活没有想到，敖丙和哪吒成了朋友。

哪吒："你是我唯一的朋友啊！"

敖丙:"你也是我唯一的朋友。"

他们死活不能料到,机关算尽培养出如此文武双全的能人,忽略了一个三岁小孩需要的友谊。

他们更不能想象,三岁小孩的友谊有多纯粹,有多坚固。

哪吒也不能想象敖丙和他的友谊背后,究竟背负着什么。

这一切都只有同为三岁的孩子敖丙背负着。

师父和整个家族的希望。

登上天庭的机会。

身边人的信任。

以及灵珠。

我们可以想象,在哪吒理所当然地邀请他来参加生日宴时,在龙王对他说出期许时,他心里的沉重。

"全体龙族已将最硬的龙鳞都给了你。"

他感受到了父亲和其他家族成员拔下龙鳞的刺痛。

而这件本要用来杀死哪吒的万龙甲,最终被用来守护住了他。

敖丙本来是想遵命杀死哪吒的。

"你生来就是魔丸,这是命中注定!"

"我命由我不由天,是魔是仙,我自己定!"

可是他毕竟只有三岁。

这样模棱两可的善恶,成人也难以轻易抉择。若是站在这里要杀死哪吒的是申公豹,他或许也会犹豫。

"白白搭上一条人命,你傻不傻?"

"不傻谁和你做朋友!"

敖丙守护了哪吒,背叛了他的家族和师门。

或许是电光火石间脑子一热,或许是深思熟虑数夜辗转难眠。

但是这个决定做出之后就再也无法逆转了。

敖丙为了三岁小孩之间纯粹的友谊,站定了立场,成了背叛全族的罪人。

虽然现实中鲜见如此纯粹的友谊,但即使是只做到这种纯粹的冰山一角,也足够歌颂了。

三岁与年龄其实无关。只是成败一生,多少人在不经意间失去了这份纯粹。

4."唯一的遗憾,是没能和您一起踢毽子。"

哪吒在这部电影中的性格实际上很矛盾。总是一副颓废懒散的样子,还作了不少颓气十足的诗,让人哭笑不得。

装作什么都不在意,装作什么都可以释怀。

实际上祸害那些村民时心中的感觉只有空虚。

妖魔鬼怪的范儿都是装给那些觉得他是妖魔鬼怪的人看的。

他很想做个普通孩子,想和妈妈一起踢毽子。

可是他控制不了作为魔丸的力量,踢个毽子也会伤人。

——他能从他妈妈的神情里看出为难。但是出于私心,他真的很想只做一个普通孩子,所以他假装看不见。

他学会了隐瞒住自己的情绪,却不知道它们其实仍然很容易被发觉。

他渴望信任,渴望温暖,渴望爱与友谊。

只是本该注意到这些的其他孩子,只注意到了他是一个妖怪。

因此在他的妈妈为他把全村人请来参加他三岁的生日宴时,他太高兴了。

即使那些村民的脸上流露出的都是显而易见的不情不愿和"你这个妖魔鬼怪,谁知道你会做什么,你离我远点"这种情绪。

申公豹在宴会开始之前,拆穿了李靖夫妇为哪吒编织的"你就是灵珠转世"的谎言。

在他同样身为妖怪的时候,没有人愿意用谎言给他安慰。

他只是知道,自己是一只豹子精。

注定不能成为上仙的豹子精。

因此哪吒还是没能高高兴兴登上宴会的舞台。

"三年是短了点,不过我也玩得挺开心的。"

"今天是我生辰宴,都不准哭哦!"

"我自己的命自己扛,不连累别人。"

已经得知父亲想用自己的命换他的命的哪吒,取出那枚符箓撕碎了它,脸上仍然是一副无所谓的表情,声音却有几分哽咽,以及常年萦绕他周围的那种孤独感。

天雷降至,他终于笑了,带着离别的内疚的笑。

他对着父亲:"唯一的遗憾……是还没和您踢过毽子。"

再有爱如李靖夫妇,亦不能护哪吒一生。

儿时那些最寻常的陪伴,或终将会渐行渐远。

趁父母未老,年华尚好。

先圆了这踢毽子的小小梦想。

星星的多元宇宙

我曾拥有五颗星星。

我问它们，什么是阅读。

一颗星蹦跳着："阅读就是漫天繁星掩藏在纸张间的倒影。"

另一颗星发着光："阅读是璀璨银河默默记录的回忆。"

还有一颗星沉默了一下、眨眨眼："阅读是我们光芒的源泉。"

第四颗星声音小小的："阅读能扫空阴霾、明澈心房。"

最后一颗星像是在笑："阅读就是，多元宇宙最美的写真。"

所谓的阅读，也是有很多种类的。只有真正想吸取其中营养的认真阅读，才有可能有真实的收获。真正的阅读，不在于多少，不在于笔记和摘录多么认真，而是首先心思在书里。然后不能只跟着情节一波三折地心怦怦直跳，还要思考:这里为什么会给人带来紧张的氛围？那里为什么自然而然地让人有舒适的感觉？画面感是怎么建立的？这个作家和那个作家写同一件事时有什么不同……

当在读书时脑中一直维持这样高强度的训练,熟能生巧,渐渐就会掌握做文章的真谛了。

——读书最重要的不是讲究效率,而是讲究收获。

清末民初的词论家况周颐曾说:"读词之法,取前人名句意境绝佳者,将此意境缔构于吾想望中。然后澄思渺虑,以吾身入乎其中而涵泳玩索之。吾性灵与相浃而俱化,乃真实为吾有而外物不能夺。"

这正和朱光潜先生在《给青年的十二封信》这本书里的观点有着契合之处。

朱光潜先生在去往卢浮宫观看名画《蒙娜丽莎》时,看到了一副这样的景象:一群美国旅行家蜂拥着来到画作前,等着向导操着拙劣的英语指向这幅画:"这就是著名的《蒙娜丽莎》。"那群游客于是照例感叹了几个没有含量的赞词,不一会就又去了。

朱光潜先生对这种行为发出了他的惊惜。就是这样一幅在当时珍贵到看一眼都是荣幸的绝妙画作,在现代的今天,一年四季都被来来往往的游客观看着。

现在这个充斥着忙碌的世界,又有几个人能够三年不窥园,十年成一赋?我们在失去前人之呆气与落后的同时,也失去了他们的苦心与热情。——这个社会的大多数人,都已不再对《蒙娜丽莎》视若珍宝了。

这是一个多元的宇宙。在不同的人,甚至不同的时间和场合中,衡量价值及珍贵程度的标准都是不同的,即使是只对于这幅画作的今天与从前来说。

　　这种形式的展出,可以让更多想要目睹这幅画作的人得到机会,甚至可能因此,世界上会多一个原本没有机会领悟到其中奥妙的美术天才。即使不能目睹,在更晚于朱光潜的我们的今天,只需要打开互联网,就可以看到高清版的《蒙娜丽莎》。如果有这个必要,甚至可以把她做成海报挂在房间的墙上,每天睁眼就能看见——虽然画质、技术方面与原画会有轻微的不同。

　　这是效率和科学的宇宙。

　　可是同时,这个互联网泛滥的时代,年轻人再少有坐下来耐心品一幅画、读一本书的情调。我们时常满足于网络、快餐文化和凝聚浓缩了信息的短小视频。

　　朱先生的原话就是觉得现代青年“太贪容易,太浮浅粗疏,太不能深入,太不能耐苦,太类似美国旅行家看《蒙娜丽莎》了”。

　　那还是朱光潜先生的时代。而在延伸后的今天,这种浮躁的现象是愈演愈烈的。

　　回到况周颐先生的那段《蕙风词话》,若是加以延伸,那便是:在品读一首诗词、一幅画作、一封书信及一本书的时候,若是想读懂并与其真正有着抵达灵魂深处的交流,就一定要先经过“澄思渺虑,涵泳玩索”的功夫。

　　除此之外,人的一生也需要这种意境的反复磨炼,不为功利的目标仓促赶路，不人云亦云、随波逐流。——如果人生是一本大书，我们就需要静下心来，沉潜涵泳；只有读懂了它，才能成为自己真正想成为的人，过上合意的人生。

"涵泳工夫兴味长"，若是今日的我们也能如从前一般放慢节奏，给生活一些停息的空当：在白雾缭绕中，在嵩山峻岭间，在城市喧嚣外，捧一杯清茶、抚一阵七弦琴、体会漫卷诗书的喜悦，定能再闻古人曾于此情此景中的低吟浅唱，定能再现往昔文字的繁华。

而这等功夫和意境，正是现代的青年所需要追寻的。

这便是艺术、美学和人生的宇宙。

我曾问五颗星星多元宇宙的意义，它们便是如此告知我的。

B-612星球

在不久前，语文老师给我们上了一节关于《小王子》的课。

这的确是一个非常精致的童话——当然，只以"精致"是不足以形容的。精致只是这个故事的诸多优点之一。

我也很喜爱这本书。只是我在向旁人推荐它的时候，得到了许多的回绝。他们有时觉得，这是小时候看的故事，这个年龄就该看四大名著、必读书目。有时则只因为这是个童话故事而不屑一顾。但是我的推荐书单上仍然常有这本书的身影。我喜欢它独特的视角、紧紧衔接的情节、回味无穷的意向、引人入胜的切入点和这背后的一切故事。

而在这堂课上，我还听到了这样的一个问题。

童话是什么？

我知道这不过是一个极其普通的问题。但就是这样一个普通的问题，在一节《小王子》阅读赏析课的背景下，变得不再普通了。

有些人认为,童话的色调必定是阳光的暖色,即使拥有灰暗的背景也能够有美好的结局。

他们觉得:童话,应该是能够给人带来希望的产物。

——大多数童话的确如此,这也确实是大多数童话的重要目的。

现代社会的科学性给人过于现实的冲击,常使人在不经意间由于"不科学""不真实""不存在"等原因放弃了信仰,从而失去了希望。过度理性的现代思维实则很容易把人的目光变得单一、了无生趣。

并不是批判科学是不美好的,而只是想以此证明,这个时代是绝对不能缺失"文学"的。

尤其是这样的,给人带来希望的治愈系作品。也因此,每每灰暗的时期,反而常会出现这样的暖色童话,反而容易使文学有突飞猛进的发展。

但是这也并不表示,揭露现实的讽刺题材和灰暗题材,就不属于童话了。

童话可以是结合现实,也可以完全天马行空。其中唯一的绝对是,它绝对不需要一个明确的目的。

如果非要让童话有它的目的,那也只有这么一条:作为一个好的童话,每次阅读都应该能够唤醒读者的童心——这也是童话存在的最大意义。

而这童心的情绪,是快乐、自由还是忧郁、悲伤,也是没有定数的。

童话是一种文学，而文学是没有特定受众的。

正因此，现在流传的名为"童话是专门写给孩子们看的"这样的观念，是有失偏颇的。

它不应该是一个完全写给孩子看的世界，而是一个以儿童的视角去发现的世界。

——合格的童话，应该是一个能够使不具备儿童视角的成年人，也能够看懂的童心的世界。

故事中的 B-612 星球，就成功地创造了一个这样的世界。

《定风波》别解

　　许多赏析都觉得，在《定风波·莫听穿林打叶声》这首词中，苏轼对风雨的不在乎是一种超脱尘世的潇洒，我却有其他理解。

　　这是他因"乌台诗案"被贬的第三个春天，在这样的背景下，他的心情必定苦闷不堪——即使他的悟性是超脱凡人的，他到底是个有生命的人，他必然也有情绪、有恼意。

　　而他这一不顾风雨的举动，使我联想到了因为赌气跑到风雪里，冻得发抖也不想加衣裳的孩子。我想，或许苏轼的这种"余独不觉"，也是他因景生情，在突如其来的雨中忆起了自己过往的种种，一腔愤恨无处可泄。

　　所以他选择置之不理。他要用这个举动向世界证明他不会因风雨退缩——即使这真的只是一场风雨。

　　他在"赌气"。他把自己的身世过往和这场雨联想到了一块儿，这才以和风雨的对抗解气。

他赌气地宣告，"竹杖芒鞋"的生活方式也未必就不胜过"肥马轻裘"的贵族生活，所以他告诉自己，也告诉所有人："谁怕?"他要表态："一蓑烟雨任平生"——他不在乎。

其实他又怎会真的不在乎? 若是如此，便不必为这场风雨作词一首了。

他对自己表的态给了他行进的勇气，所以他在下一句继续告诉自己:逆境中亦有希望。

但是他所做的这一切的目的，并不是要给予自己希望之光。

他只是要告诉自己，没什么好怕的。词中开篇所提及的"沙湖"位于今天的湖北黄冈东南，他此行正是去沙湖看田，做好在沙湖买田终老的打算，往后余生皆已有所归。

因此，回首的萧瑟处，并无风雨。

但亦无晴。

关于苏轼，许多人给他的评论是说，他是一个乐观的人。

可在我看来，他的乐观并非是快乐的乐，而只是一种豁达。

这种豁达，让他能够在任何境地而不落魄，置任何身份而不卑微。

真正应该令我们佩服的，比起在大多数释意里的"退隐江湖"，更应该是他这种十分豁达的个性。

第六辑　维利吉斯

那些倨傲的、不言的影子啊，

永远立于万物之上、光明之上。

那些笑而不语的影子，才是这个世界的主人。

它包含一切的光明。

维利吉斯

春天。

得雨滋润的雏菊在舒展,阳光初升把露水照得反光,青草比棉絮还软。白色和蓝色,不多不少,是慢时光的限定产物。

雏菊的花瓣笑得灿烂,草丛间的即是森林精灵维利吉斯——白色雏菊,它代表永恒的快乐。

竹蝶那庞大的一家子,都发现这个从小懦弱的女孩,进城一年回来以后,突然变了。这是从乡里大妈们那些假多真少的小故事中得来的。至于竹蝶被迫回来的理由,也无非就是家里人进城创业破产了又回来的那点事儿。而这样的事儿实在太多,已经失去了新意。连那些成日在香樟树下乘凉八卦的妈妈婆婆也都已经懒得议论了。反正日子还是得过,再大的风浪,等到下一轮雏菊开放的时候,或者下一个谷物丰收的节气,也会风平浪静。

食物链的齿轮转动一下,某家开业不久的餐馆微不足道地倒闭。

竹蝶站在屋子后边的荒草地里。那边全是野花蝴蝶,还有被虫蛀了一半的草,背对着村庄就能看见远山。她躺在草坪上,像从前那样,嗅着雏菊的清香,快要枕着阳光入梦。心跳声平稳安宁,耳边偶尔三两声虫鸣给心情打着节拍。

闭上眼睛看见进城一年来从未见过的世界和人,崭新的一切。就好像她真的只是做了一场梦,躺在雏菊旁边闻到花香,睁开眼的一瞬间抵去幻影的一年。

她不想再继续进城读书了。

这意味着面临脱节的生活的负担将再次增加。创业梦醒让这个家庭突然一贫如洗,竹蝶不想再为父母增加沉甸甸的稻草了。

"你……怎么了?"

竹蝶突然发觉背上被人轻轻触碰,吓了一跳,半坐起来睁开眼,却愣住了。

面前这个蓝青色衬衫、棕色裤子的女孩,正是她自己。

不过竹蝶的发型是微卷的长马尾,那个女孩则是麻花辫。

——自打进城以后,竹蝶明明再也没扎过麻花辫了。她心念一动。

竹蝶:"你准备什么时候进城?"

那个女孩似乎一点也没觉得竹蝶跟自己长得像有什么奇怪,只是微微颔首,目光躲闪地呢喃:"明天。"

竹蝶:"你别进城了吧?"

"进城不过就是为了更好的读书环境,对吗?"

女孩点点头,声音仍然细弱:"嗯,进城就是为了……更好的读书环境。"

竹蝶:"但是你又很想进城吧?"

女孩又点点头:"很想。"

竹蝶:"我就进了城。我还遇到了一群很好很好的朋友。"

"不过我们最后分别了。"

"我不喜欢离别,不想爸爸妈妈创业失败……我害怕得而复失。"

女孩:"那……我不去了。"

竹蝶的心在跳,节拍已经错开虫鸣。"可是你很想去!"

女孩:"那我就去吧。"

竹蝶:"你不害怕失去了吗?"

女孩:"那我……"

竹蝶有些头疼。

"别总是跟着我啊,你到底想不想去?"

女孩:"我……不知道。"

竹蝶沉默了一下,躺回了刚才所躺的位置。紧接着,她听见一阵动静,女孩也躺了下来,跟竹蝶头对着头,盯着灼热阳光以外的天空,然后闭上了眼。

竹蝶头上白色雏菊花的发卡,是城里初识的好友送的。她们说,白色的雏菊是森林精灵维利吉斯,那代表着永恒的快乐。

　　身旁的这个女孩,让竹蝶意识到一次进城给自己带来的,除离别以外的东西还有哪些:使竹蝶破茧成蝶,不再是以前的怯懦模样。

　　女孩最终还是忍不住了:"……我还是想去。"

　　竹蝶没头没尾地应了声:"谢谢你。"

　　两个女孩躺在夏日的温热草坪上,天空下有三只斑斓蝴蝶。草丛里尽是白色和蓝色的雏菊,散发着阵阵清香,温暖又治愈。

　　白色和蓝色的雏菊点头依偎在一起,有一瞬间几乎重合。它们在笑,为彼此,为草坪上的那个女孩。

　　竹蝶不知道的是,方才躺在她身边的这个女孩——一朵雏菊花,已经渐渐消失了。

　　白色雏菊寓意快乐,而蓝色则是离别。

　　竹蝶的蜕变就像维利吉斯的音乐,永远快乐又忧伤。

星星的季节

时雨及芒种，四野皆插秧。家家麦饭美，处处菱歌长。

——【宋】陆游

最适合看星星的季节

小满过后，便是芒种，是最适合看星星的时节。芦苇湾迎来了又一个新的孟夏。各色花朵多落尽了，嫩叶还来不及转成浓绿，阳光穿过枝叶缝隙，叶子如半透明的翡翠一般。

阿尧换短袖了，奶奶也换短袖了。阿尧还想着，妈妈应该也要换短袖了。可是妈妈去了北边。彩儿老师说过，北边的天气比这边冷。那妈妈要是换了短袖，会不会着凉呢？阿尧没有去过妈妈工作的地方，也许那里这会儿也不怎么冷了，胡思乱想的小念头像春后茂盛的小草一样在阿尧的脑袋里疯长。

阿尧一路上踢着小石子儿往家走，肩上是妈妈快递寄过来的湛蓝色书包。对阿尧来说，孟夏是吃西瓜、葡萄和桑葚的季节。阿尧家有西瓜地,葡萄和桑葚则在隔壁老爷爷绿野仙踪般的果园里,触手可及的都是嫩生生的果子。西瓜冰镇的好吃,所以往往用大网兜兜住沉进村中心的深井里,动了馋念便拿出来。每次鲜红的西瓜被"咔嚓"一声切开的时候,甜美的汁液流到桌上,阿尧总想留下一块来,幻想着妈妈如果恰好回家吃到这块西瓜时嘴角上的微笑。

奶奶一大早就用今年新收的麦子蒸出了小猪样子的发包,那是在供芒神的"安苗仪式"上用的。一排活色生香的"小猪"稳稳当当地立在堂前的案上,做出面食的巧手奶奶便下田插秧去了。村里年轻人都往外走,田里忙活的都是老人家,他们舍不得好好的田荒着。漠漠水田上没有飞来白鹭,但闪着粼粼的波光,一株株秧苗安插得齐齐整整,弯腰弓背的老人们,累了就在田埂上聊两句家常,抽一种古老的香烟,喝一壶金银花茶。芒种对于爷爷奶奶来说,或许就是一个忙着种地的日子,奶奶常念叨着:"芒种,芒种,有芒的麦子快收,有芒的稻子可种。"

不过对于阿尧来说不一样。阿尧和他的妈妈有个约定:他们要在夏天的夜晚一起看星星。夏天伊始,阿尧就满怀心事,像头小鹿在不停乱跑。离妈妈回来到底还有几天呢?淘气的星星在丝绒幕布一般的夜空开始探头探脑了,璀璨浩荡的银河也快要长成了。

归属乡村的孩子

"梅子金黄杏子肥,预备,起——"

"梅子金黄杏子肥,麦花雪白菜花稀。日长篱落无人过,唯有蜻蜓蛱蝶飞。"

"彩儿老师,这首诗说的是什么意思呀?"

"这首诗呀,描述的就是现在——芒种时节在那个年代的场景哦!"

一个桃李年华的女孩耐心地向孩子们解释着。她戴着一副黑框眼镜,微笑起来像芦苇湾明朗的天色。她是在城市长大的彩儿。

芦苇湾跟大多数江南丘陵地带的小盆地一样,有宽广绵延的农田、温柔起伏的山峦、早晚熟识的乡邻间温暖的问候。这是彩儿的爸爸曾经生活了小半辈子的地方,却是彩儿爸爸一直都想要离开的地方,也是彩儿爸爸成功离开的地方。彩儿爸爸历经千辛万苦终于离开了农村,去了那热闹繁华的城市。

此刻彩儿却出现在芦苇湾,选择了师范大学的彩儿决定在芦苇湾做实习教师。这些农村的孩子,虽不挂在嘴边常提,但是家人一个一个离开芦苇湾去往城市打拼,他们自然会不经意间流露出对城市的向往。因此,从城市来到乡村的彩儿,是这些孩子心目中城市的象征。

"同学们,彩儿老师的实习期就要结束了,老师要回去啦。"

"彩儿老师,你不能留下来吗?"

"我……"

彩儿还是踏上了离开芦苇湾的大巴车。不过她的手中抱着一大摞同学们画的各式各样的彩儿。每个"彩儿老师"

都有灿烂的笑,她们或立在田埂旁,或倚在讲台上,五彩缤纷的彩儿老师,是同学们心中盛开的夏花。

看着这些盛开的"彩儿老师",彩儿悄悄做了个决定。

她要去做一名乡村教师。

目的地就是——芦苇湾。

苗安,心就安

即使是芦苇湾这样偏僻的小村,快递业也已经很发达了。这也是芦苇湾的"香菜"能够出名的原因。芦苇湾的"香菜"并非芫荽,而是一种江南人家熟悉的时令小菜,采用初冬新上市的高秆白菜为原料腌制而成,由于吃起来格外香而得名。

阿尧的奶奶便是以做香菜为生的,因此这个季节要忙着播种了。

奶奶一手扶着腰,一手抹额头上的汗,缓缓地站起来喘息。虽说有农种的机器,但是奶奶总觉得亲手种下去才能放心,就像自己亲手养育的孩子一样不能假手于机器。在芦苇湾这个被誉为"香菜小镇"的地方,阿尧奶奶做香菜的手艺可谓最好。阿尧也会常为此自豪。

"丁零零——"

"喂? 妈妈?"

"阿尧啊,妈妈明天就回家! 之后就不走了,现在芦苇湾的快递业已经这么发达了,我留下来开个网店卖香菜吧。"

阿尧睁大了眼睛,脸上溢出满心的喜悦。他挥舞着双臂高兴地大喊一声,惊起一群飞鸟。

这真是一个快乐至极的日子。

田野那边隐隐约约出现一个身影，在新农村建设工整的马路边仍然保留着乡土气息的小道上。

那个身影向阿尧招招手，开朗、快乐地打招呼，手中抱着一摞五彩缤纷的画。那是阿尧最喜欢的老师——彩儿老师。

可彩儿老师明明说过，实习期过后便不再教他们了——

"阿尧同学，你好啊！以后，我就是你们的正式老师啦！"

"真——真的?!"

"当然是真的！老师什么时候骗过你们！"

像冬天飞来避寒的候鸟还会回到它们的家去，这些流离在外的人不久后一个个都回来了。阿尧看着那群被自己惊起的鸟复落回地面，觉得自己会永远铭记这个美好的芒种时节。

阿尧蓦然想起奶奶常说的一句话："苗安，心就安。"她亲手种下的每颗种子、插下的每株秧苗，都是为芦苇湾这个小村播下的希望。

阿尧暗想，他的奶奶是不是很早之前就预料到他们还会回来，才不做挽留的？

阿尧在摇曳的芦苇荡里开心地笑着，笑声越过了芦苇荡，越过芦苇荡外的青山，越过天际即将消失的流云，追随着芦苇湾平坦公路上疾驰的快递货车，直到在北方的夜晚，落到遵守着诺言看着明澈星空的妈妈心里。

（本文发表于《中国校园文学》2019年第9期，并入选漓江出版社《2019中国年度散文诗》。）

樱擦肩

　　要写的是暖阳与樱花,提笔时却身处一场暴雨。

　　去看六号大街的樱花,是从曾经在那里居住时开始的一个约定。最初放学路上一时兴起,绕道过条马路便是满眼的春;后来晚上散步有备而去,用帽子收集很多落下来的花瓣,原本期待一场灿烂盛大的花雨,然而最后抛起时那些花瓣早已飞不起来。

　　后来搬家到另一处。那以后推开窗台不再能看到小区外日夜车水马龙的景象,而是宁静的绿。这些小区的绿化中似乎也没有樱花——依我至今的观察来说。而那些代替樱花的则是紫叶李。

　　就像是昨天还在单曲循环的歌突然从平台下了线,我们和六号大街擦肩而过。从此看樱花需要全家盛装出席,挑一个明媚的天赶着不下雨的日子回到从前。

　　于是昨日我们又专程开车回到六号大街看樱花。一切都太熟悉,熟悉到下了车在早餐店旁边等红绿灯的时候,还以为只是买两三个馒头和一杯手磨豆浆,提袋子付钱就会转身离开,只需几步路就回到了家。

路上走过的每个人,背影看上去都很熟悉,虽然住在这里的本来也并不认识很多,但总觉得这条街道就该是随时都会和熟人偶遇的地方。

走过马路来到第一棵樱花树下的时候如归故土。那是一种很夸张的心情,这棵树大概总共也没见过我几面,却就这么莫名其妙被我划分到了故人一列。

六号大街的樱花和那些"赏樱圣地"是不同的,所以它大概永远和这个称号无缘了。这里不是圣地。路上是形形色色的人,有人骑着电动自行车匆匆而过,有人推着轮椅在时间里驻足。小孩练跳绳到面色通红气喘吁吁,某一对情侣折下花枝然后做贼心虚地逃跑。

樱花的另一边就是马路,车胎轧过地面的低鸣一直都在。或者再往远一点,马路的对面,水果铺老板一边招呼一边利索地削甘蔗。

这条路曾经就在我房间的窗前,但我和它并不熟悉。我不常走过那条马路去对面,因为烟火气始终在这一边。

背后便是夕阳,于是在光的庇护下向前。手机里的识花软件指认着哪株是东京樱花哪株是日本晚樱。我们在陌生的故地重游,踏入粉与绿的绣锦。

风不羁地吹扬,拂过心间,拂过树梢,一阵未准备好的樱花猝然落下,落在绣锦上,惹人只想收集几片,珍惜起来。两只不大也不小的手张开拦起,它们仍轻描淡写地一跃而开,自我地坠落于繁花之上。

手只是坚持着,仍固执而顽强地抓紧樱花片。无数的跳跃,一片花瓣似乎累了,终于没有反驳地垂落于手心。手轻轻扯住这片浅浅的粉霞,收入口袋,自觉与这一片实在有缘。

过了一会儿,没什么风了,于是花瓣闲散地飘落,有时也搭肩碰肘以寒暄。

樱花是春天的仪式。仪式是有结尾的,而且绝不漫长:一次劲道的雨就会结束这场潦草轻柔的仪式。而今天下起雨。

在暴雨下湿漉漉地记叙了这个仪式,而停笔时雨也骤停。

提笔的缘由即是突然很庆幸昨天的阳光,因为差一点就又和樱花擦肩。

十年后的我们

"伐木丁丁,鸟鸣嘤嘤。出自幽谷,迁于乔木。嘤其鸣矣,求其友声。"

……

学校的舞台灯光明灭,台上有两个身着汉服的女孩。头戴发簪,簪尾挂着的粉白色玉珠随着二人动作轻轻发颤。

她们中的一人立在舞台中央。

那个女孩随着朗诵《诗经》的言语而做出些姿态,面上有浅而从容的笑。六年级女孩虽还年幼,却也初成少女,配合舞台光晕缓步行走时的仪态亦是亭亭。

另一个女孩坐在舞台稍侧,身前是一架典雅的古筝。她的手指上缠绕着黑棕色的指甲片,纤纤拨动时自成优美弧线。琴弦颤动,配合着站立女孩的朗诵声奏出曼妙和弦。

她手指轻点,止住了尚在低吟的琴弦,而后起身,裙摆与长袖随动作受惊般四散而复聚。台中央的女孩回眸与她对视,她缓步走到了那个女孩的身边,头上发簪玉珠尾部的流苏随着她步履轻摇,二人相视而笑。她用戴着古筝指甲的手接过话筒,微顿后启齿,从容之态比起前者更甚。

"相彼鸟矣,犹求友声。矧伊人矣,不求友生？神之听之,终和且平。"

……

小学毕业前的最后一次表演,她们再次站到了一起。

而此后缘分即散,在一起的时日从倒计时转为了负数。

六月晴朗,还是让任何一对将离的故友得以向往。

"出自幽谷,迁于乔木。嘤其鸣矣,求其友声。"

十年后的她们,正好大学毕业。

有时候听着鸟鸣,身边行走的是彼此,便会由内而发一种无名奢望。

——"十年以后的我们,又会如何呢？"

坐标：南美洲 苏里南 市区西郊

终于来到苏里南中外语言交流合作中心。

如愿以偿以志愿者的身份,来到这里进行为期一年的中国传统文化教学。

这边的合作中心已经成立十三年了——那阵子兴建这个,我所知同时期的在非洲也有多所。

倒是第一次来到苏里南,以前只是隐约听说,也并不熟悉。颈上挂着单反相机,毫不仓促地漫步于市区西郊,享受那份与其他地方又有所不同的悠闲恬静。

并没有拍照的重点,只是对着天,对着花或者鸟,甚至路边摊上的水果蔬菜便按下快门。这个动作不过是久而久之养成的习惯。当世上一切都通过取景器以奇特角度进入自己的视野，一种微妙而充实的满足感就会涌上心头。

而路边的某个宽敞的住家院落里，静静伫立着一棵高大的树。自然不是只有这样一棵，而是这一棵过于高大，使人难以转移注意。占据了中心地位而显得辉煌——后来听说，那便是绿心树。我将它也纳入取景器。

起风时绿心花会飞扬，然而始终到达不了我的所在——眼前有铁丝网，阻挡了我和花的去路。不过那花儿在铁丝网上的舞蹈，也成了独特又罕见的风光。

其实现代以铁丝网做围墙的设计已不多见——大概是屋主喜旧的缘由吧。倒也很好，同样恋旧的我，算是默然间找到了一位知音。移动取景器，放大，我甚至能看到树叶深处有一窝小鸟。

我对着铁丝网上的绿心花按下了快门。或许便是这样的一张照片，在未来一年、十年直到更久以后，会唤起一段清闲的记忆。

坐标：非洲 毛里求斯 蓝湾

跟着导航自动设计的行程路线，出机场直奔不远的蓝湾。应这边中外语言交流合作中心的邀请，明天我会演奏古筝十大名曲中的《高山流水》。的确可以说是不朽的曲子……不过于我而言，反倒是从我开始学古筝至今的十余年不老，更令人感慨。

如果说当年一些坚信的永恒都已变迁，我也会相信某支乐曲或某段旋律,乃至某片刻的回忆,永恒如旧。

蓝湾的玻璃船算是一大特色,也可以说是持续最久的传统旅游项目之一了。新质感的凉薄玻璃比起以前的,甚至能感受到鱼和水的起伏。

随着中国的崛起,世界各地的中外语言交流合作中心都在组织开展中国传统文化的宣传活动。讲座、表演、课程、活动,层出不穷——毕竟以现代交通的发达程度,即使是连着参加截然不同的两个国家的交流活动,也并不吃力。

玻璃船底除了鱼,还有不少珊瑚——听说十年前的这边有大片珊瑚都已经白化,若不是水质管理技术出现得及时,可能便没有了如今的风光。

坐标:南美洲 苏里南 中外语言交流合作中心

这样一次可遇不可求的机会,其实是日前一篇关于传统文化个人见解的文章在期刊上发表而来。因此,首场授课的内容自然是关于中国传统文化的理解和认识。我的确是如同儿时曾梦想过的那样,成了一个写作者,并像曾期许的那样,成了一个有勇气的人。

——若是时光回到十年以前,我大约并不能这样无压力地上台演讲。这样的勇气是来源于当时的一个知音朋友——她是一个古筝弹奏得极为出色的女孩,因此常有演奏的行程;她常给我讲述一次次上台的经历:从第一次到最近的一次。每一次似乎都有些不同的趣事。

后来她还曾鼓舞着我一次次和她一起登上舞台:她仍是弹奏古筝,我则在她的琴韵中朗诵,有时她还会起身与我一同朗诵。我们衣柜里曾珍藏着许多同款的汉服，许多同款的发簪。

而我至今仍然记得的，自然不是那些台上台下的趣事，而是她与我最后一次合作登上舞台时她弹奏的曲目：《高山流水》。

这样想来，我俩好像无缘无故地在不知不觉间，断了联系。

坐标：非洲 毛里求斯 中外语言交流合作中心

面上是古色的妆容，头发也已梳成重重的发髻。插上一根发簪时感受到簪身的冰凉，从而意会自己手心的温热。缠绕上弹古筝所用的指甲，稍微活动了一下手指。《高山流水》的旋律已经渐渐在心中响起，垂眸间的第一个画面却不是乐谱，而是曾经的一次次登台。

我曾跟人生中最相知的一个闺蜜畅谈过第一次乃至那时候每一次登台的趣事——那已经是十多年前的往事了。

我想起我们二人最后一次的合作登台。那时候……我所弹奏的也正是这首《高山流水》。

只是不知，那位志趣相投的故友，如今是何等模样。

愈是临近毕业，毕业的话题就愈让人想回避。弹古筝的女孩解开了她的指甲，将它们缠绕在一块小面板上等着下一次的使用。朗诵的女孩解开又高又重的发髻，凑近身将对方的发簪也取了下来。古筝女孩收好了指甲，彼此间又是相视一笑。

这一笑,少了几分典雅,多了几分真心。

她们不想再浪费一分一秒可以一起度过的时间了,可是一旦聚在了一起,时间就不知不觉地被浪费过去。因为她们无所不谈,因为她们间的共同话题如同泉涌,如同高山间倾泻而下的流水,永无止境。

"喂。"她们并没有给对方取任何独属的外号,通常也并不叫对方的名字——因为不需要。

"嗯?"

"毕业了。"说话的女孩在故作轻松,不经意间忘却了彼此从来无法隐瞒。

"是——快,毕业了。"另一个女孩纠正道。她微微蹙着眉,像是很不喜欢听到这种说法。

"我们,互换发簪留作纪念怎么样?"

两人手中都是刚刚从头上取下的发簪,残存对方手心的余温,残存舞台光芒的热度。

簪身是银色的金属所制,簪头有三两粉白的花朵,中间一颗明珠镶嵌泛着光,花间隐匿着隐约的亭台楼阁,如同蓬莱仙境。

女孩垂眼摊开了手掌,看着手心那枚发簪:"好啊。"

谁也不知道这个举动有什么意义。两人一起去买的发簪,长得一模一样,根本就毫无差别。

然而对方头上和自己手中的,就是不太一样。

"好啊……"提议交换发簪的女孩重复到,将手中的发簪交予对方。

另一个女孩也伸出手。发簪互换了掌心，二人指尖轻轻倚着对方，然后缓缓分开，又快速触碰在一起。汉服的长袖垂在手的下面，两个女孩的袖摆也温柔地纠缠在一起。

　　接过对方发簪的时刻，几乎能感受到对方手心沁出的薄汗。

　　"喂。"这次是另一个女孩打破了沉默。

　　"嗯?"第一个女孩很快地回应道。

　　"毕业以后……也要常联系啊。"

　　"那还用说。"我们是要……当一辈子好朋友的。女孩想着。

　　"一定不要分开。"

　　"一定。"女孩回应。

　　那日两人在台上最后的合作，朗诵的内容是《诗经·小雅》中的《伐木篇》，弹奏的曲子是温婉宁静的《高山流水》。

　　《高山流水》一曲虽已非俞伯牙给其知音钟子期所奏，也因名字的缘由借了美好寓意。而《伐木篇》所讲述的正是友情可贵、知音难觅。这一切自然并非巧合，而是女孩们为彼此的最后一次合作筹谋的最完美的句号。

　　而十年转瞬即逝。时至今日往昔早成旧事，两个女孩早已失去了彼此的音讯。

　　即便不知去向，足为鼓琴者尚在，她们就不会放弃经久所追寻的共同梦想。

拥抱写作的周末时光

　　每年认真写一篇"少年文学之星"征文,是寒假生活的必修课。

　　连续四年获得了"少年文学之星"一等奖。

　　每次得知获奖的瞬间是开心的。"少年文学之星"像是一位挚友,陪伴着我的成长,也见证了我对写作的一往情深。小学毕业前夕,我的第一本个人作品集《舞勺之年》由中国文史出版社出版了。我开设了"蘅若爱写作"个人公众号,一有空就想写点什么。

　　升入初中,学业的繁忙让我平日里常常抽不出整段的时间,写作成了我的周末生活日常。舞蹈和钢琴考级暂告一段落,博物馆的新展讲解尚未开启,最近的几个周末,完成各科的作业后,终于迎来了难能可贵的写作时间。

　　有模有样地打开电脑,披上心仪的"战袍",泡上一壶栀子花白茶,一种久违的自由和潇洒在键盘间驰骋。

没错，写作于我是最大的乐趣。可以自在地去写自己想写的小说、童话，抑或是我至为珍爱的散文。写作时候的我有时是特立独行的，有自己的想法，想要编织一个属于自己的世界。大多数时候我会坚持自己的想法，但也会倾听或真诚或严苛的意见，不厌其烦地一遍遍修改。

　　于我而言，每一次开启一章酝酿好的新篇，都会有浓烈的亲切感涌上心头，会有文学意义上的天马行空和自由发挥。当写作的灵魂在场时，写作的动力总是无穷无尽。

　　在写小说时，我的想象就是我的光，我的慰藉。在我的笔下，一个平凡的孩子甚至相信自己是拥有超能力的、非凡的人。

　　在写童话时，我以一个儿童的视角去发现世界，我以为一篇好的童话，每次阅读都应该能够唤醒读者的童心——这也是童话存在的最大意义。

　　在写散文时，每一次挥洒成篇的"告白"都让我坚信，这个时代是绝对不能缺失"文学"的。

　　当然，写作也不是一帆风顺的，有时也会经历痛苦，有时也会卡顿，这时，我会翻翻手边的书，有时是里尔克，有时是马尔克斯，或是其他人。

　　里尔克在《给一个青年诗人的信》中说："一个个的人在世上好似园里的那些并排着的树。枝枝叶叶也许有些呼应吧，但是它们的根，它们盘结在地下摄取营养的根却各不相干，又沉静，又孤单。"

　　马尔克斯在他的自传《活着为了讲述》里写道："生活不是我们活过的日子，而是我们记住的日子，我们为了讲述而在记忆中重现的日子……我年轻过、落魄过、幸福过,我对生活一往情深。"

写作是孤单的,又是幸福的。

在每一个可以写作的周末,我是孤单的,又是幸福的。

(本文发表于《少年文学之星》2020年第1—2期合刊,"浙江省青少年作家协会"公众号全文刊载。)

后记　追逐光与影的少年

小时候玩过的诸多游戏里,唯独对"踩影子"始终抱有质疑。明明每次将脚覆盖在影子上,但影子总会又蹿上脚,并且再不下去;那岂不是无论如何也踩不着身旁玩伴的影子?

——因此,我自作主张地对它下了裁决:游戏不成立。

可是我最喜爱的事物,也就是这荒唐又神秘的影子。

影子从来都鲜活,树有树影,花有花影;人与动物,甚至太阳,都与影子相依而生。

那些倨傲的、不言的影子啊,永远立于万物之上、光明之上。

那些笑而不语的影子,才是这个世界的主人。

它包含一切的光明。它是光的笔记。

我所热衷的写作也是一种光的笔记。我喜欢记录光与影,记录存在于光影之间的一切。幻想或真实,都存在于光与影之间。

　　我写下樱花，从开始写作的那个春天起年复一年。因为喜欢生活的仪式感，因为拜访樱花是一种仪式。浅粉色花瓣在树上或是飘落，薄得能透进暖阳。

　　我记下一场冲刺，从江边到城市。灰蒙蒙天色和潮湿水气沉浸在雨后，这是一个很适合冲刺的时机。

　　我写下采珠人的艰辛故事，在阅读的世界里创建幻想的楼阁。

　　我记述了编织蓑衣的手艺人明亮又固执的心，也尝试透过一尾金鱼的视角写下空巢老人的背影，以及离家的游子对故乡的复杂感情。

　　从对校园往昔的翱翔回忆，到毕业旅行的"时走，风吹，树动，影摇"，都是辞别的征兆。而秋的开学，拉着行李箱上大巴车去军训基地的时候，恍惚间以为还是毕业旅行，还是三五好友凑在车窗边看着其他矮了一截的车辆大呼小叫的日子。而后陆续怀念起昔日恩师旧情，又收到心仪期刊发来的用稿函之时，已是升入中学新生活的开端了。

　　自去年第一本个人作品集《舞勺之年》完稿出版以来，我一直在追逐的路上，想向梦中烟火的未来再近一点。我也意识到自己的很多习作都还有不小的瑕疵，种种问题也许会随着时间推移而暴露得愈发彻底。

　　而这些问题中甚至很大一部分，都是现在的我无法完美解决的，对此我很惭愧。

　　所以，这些过往的文字可能只是追逐路上的半成品。

　　其实我并不喜欢花时间去深思熟虑自己写一篇文章的

意义,而是崇尚灵光乍现的写作方式。因为于我而言,写作并非那些极度严谨的技艺,而是一条在两年前向我敞开的满怀笑意的路。

路很长,路上满是光和影,以及越来越多的我的印记。

《舞勺之年》的完稿正是2019年的春季,而现在是2020年的春季,我又一次写起了后记。

这是一次新的收官,所以我也很欣喜。这一年来我依然在梦想的道路上追逐,顺着引火线、听着影子去寻找那束光。

我知有光的地方就会有影子。

因此有影子的地方,就必定有光明。

2020,来一场关于影子的冒险吧。

愿每一个曾寻找影子的人,都能邂逅他们的光明。

蒋若

2020年3月写于杭州钱塘江畔